熱愛の恋愛革命

青野ちなつ

Illustration
香坂あきほ

B-PRINCE文庫

※本作品の内容はすべてフィクションです。
実在の人物・団体・事件などには一切関係ありません。

CONTENTS

熱愛の恋愛革命

ミラノの一月は寒い。

潤《じゅん》は石畳にたたずみ、かじかむ指に息を吹きかけて空を仰いだ。

雪模様の空は潤の頭上に重くのしかかり、辺りにはうっすら霧《きり》が立ちこめるせいで、昼間なのにどこか薄暗い。イタリアは日差しが明るくて陽気な国だというイメージが覆《くつがえ》されるようだ。寒さにいたっては言わずもがな。

『ミラノはイタリアでも北にあるせいか、とにかく寒いからな？　覚悟してこい』

出発前に泰生《たいせい》からさんざん脅されていたけれど、実際ここまでとは潤は思ってもいなかった。

しかし泰生の言う通り北イタリアにあるミラノの街からはスイスへもすぐだし、運がいいとアルプスの山々も見えるらしい。寒さが厳しいのは当然であったのに。

やっぱり覚悟が足りなかったなぁ……。

足下からずんっと上がってくる冷気に、潤はたまらず首を竦めた。

「潤くん、よかった。あー、もうビックリしたよ、振り向いたらいないから」

人混みの中から駆け寄ってきた男に、潤は自分の状況を一瞬で思い出して足を踏み出した。

「すみませんっ、八束《やつか》さん。なんかいろいろ浸ってしまって」

モデル並みの長身に暗いグリーンの膝丈《ひざたけ》コート、中のタートルニットやスキニーパンツにいたるまでダーク系にまとめている八束だが、風に翻《ひるがえ》るコートの裏地は目が覚めるようなピンクの鮮やかなもの。女性の着物をアレンジしたもので、新進気鋭のデザイナーらしい八束のセンスは、ファッションに敏感なミラノの人々の関心をも引きつけるようだ。それでなくとも、色素の薄い髪を無造作にひとつに結ぶ八束の美貌は、男女を問わず多くの視線を集めていた。

「ふふ、ぼんやりする潤くんも可愛いから許してあげるよ。悪いのは、気付かなかった田島《たじま》だ」

「えぇ〜、結局それっすか。はいはい、何もかもおれが悪うございますよ」

遅れて追いついてきたおしゃれ坊主にニット帽を被った田島が呆れたようにため息をつく。

八束のアトリエスタッフで十九歳の潤より五歳も年上だと聞いたが、学生のようなしゃべり方とスーツの上に着たカラフルなダッフルコートのせいでずいぶん若い印象を受ける。印象的な青いフレームのメガネを拗《す》ねたように押し上げる田島に頭を下げて、潤は八束に訴えた。

「八束さん、悪いのはおれですから」

「いいのいいの、田島のことは放っといて。おいで、潤くん。会場はもうすぐだから。でも、もうはぐれないように手を繋《つな》ごうね」

「え、えっと……」

手袋をした八束の手がぱっと潤の右手を握り込んでくる。どうしようと思ったものの、強引に引っ張られて歩き出してしまった。

「嬉しいな。潤くんとラブラブミラノデートが出来るなんて。今日のミラノは最高気温一度だって言ってたけど、ぼくの心は、君と一緒に見たシャフィークの砂漠なみに熱くなってるよ！」

「八束さん、あの…八束さんっ」

「ん？　何だい、アモ〜レ・ミ〜オ？」

八束が蕩《とろ》けるような笑顔で潤を振り返ってくる。声にもハートマークが幾つも飛んでいるような甘い口調だ。

アモーレ・ミオって、イタリア語でぼくの恋人って意味だよね……？

潤が困惑して黙り込んでしまったとき、後ろから田島が割り込んできてくれた。

「はいはい先生、手を離すっすよ〜。潤くんがおとなしいからってもう何度目っすか、大人げない。はー、泰生さんが電話で何度も八束先生に気を付けろって念を押すわけだ」

「田島っ、君はぼくのアシスタントなんだから泰生よりぼくの気持ちを大切にするべきだよ」

「嫌っすよ。今回、ミラノ・コレクションでこんなビッグメゾンのバックステージにまで入れるのは、泰生さんの招待のおかげっすから。今この時だけは、おれは泰生さんの側について潤くんを守るっす！」

泰生の親友で仕事仲間でもある八束だが、どういうわけか潤のことを好きだと言ってはばからない。潤も八束のことは友人として好きだが、口説かれたりスキンシップされたりするのはやはり困る。泰生がいてくれたら上手にガードしてくれるが、自分の性格だととても無理だ。

だから明るくさらっと妨害してくれる田島がとても頼もしかった。

潤は今、イタリア・ミラノで行われるファッションショー会場へ向かっていた。

泰生が招待してくれたのだが、本来のミラノ・コレクションは五日後から始まるので、今日のショーは本当はイレギュラーなものらしい。潤はおかげで冬休みを利用して泰生の活躍を見ることが叶ったが、当の泰生は正月もそこそこにイタリアへ渡航することにずいぶん不平をもらしていた。

「やっと着いたね。ほら、あれが今回のファッションショーが行われるミラノ大学だよ」

ひとしきり田島に悪態をついて溜飲を下げたらしい八束が、顔を上げて潤に指さした。

「これが大学……」

中世の面影を色濃く残すミラノの街並みに負けないくらい重厚な建物だった。

古めかしい赤レンガの外壁には美しいレリーフや石像が連なっており、ロンバルディア風ゴシック様式の装飾も見事だ。聞けば十五世紀に病院として建てられたミラノでも有数の歴史的建造物なのだという。中に入ると、今度は広い中庭を囲むような真っ白い回廊《かいろう》が印象的だった。

華美ではないが、歴史を積み重ねてきた荘厳で静寂な雰囲気に潤はしばし見とれる。

こんな場所で普通に授業を受けてる人がいるんだ。空気まで違う気がする……。

「ようやく着いたっすねぇ」

「誰のせいだと思ってるんだよ。田島がドゥオーモが見たいとか言い出すからタクシーを手前で降りたんじゃないか」

「先生こそ、大聖堂を前に大口開けて見とれてたじゃないすか」

「まったく君はあー言えばこー言うんだから」

八束と田島のかけ合いに、冷えた手を擦り合わせながら潤も笑みをこぼす。

ひと足先にイタリアへ飛んだ泰生を追いかけるように潤もミラノへ出発したが、一緒に旅してきたのがこのふたりだ。見知らぬ国への旅の不安を払拭《ふっしょく》してくれたばかりか、道中を明るく楽しいものにしてくれて、潤はとても感謝している。

「潤くん、やっぱ手袋は必須っすよ。手、冷たいっすよねぇ」

飄々《ひょうひょう》としているが、案外細かいところに気が付くのも田島だ。

「成田《なりた》のホテルまではしっかり持ってきたくせに、そこに忘れてくるなんて。天然っていうか、どっかスコンと抜けてんすよねぇ」

ただ、遠慮のない言い方は胸にさっくり突き刺さるのだが。

「本当にねぇ、君を見ていると心配になってくるよ。それで世の中を渡っていけるのかって。よく泰生が、君をひとり歩きさせてるよね。しかも、こんなイタリアまで呼ぶんだから」

ため息交じりに同意する八束も含めて、潤は恨めしくふたりを見る。

確かに、手袋の件は言い訳のしようがない。防寒はしっかりしとけと注意されて手袋もちゃんと準備していたのに、前泊した成田空港近くのホテルで靴をはくために棚に置いてそのまま忘れてきてしまったのだから。

「ぼくが恋人だったら、ガラス張りの部屋に閉じ込めて一歩も外に出さないかな。こんなに可愛い潤くんを誰にも見せたくないよ」

どうやら、八束の中では自分はことのほか子供に見えて仕方がないようだ。

八束にじっと見下ろされて潤は眉が下がる。が、すぐ傍で嫌そうな声が上がった。

「うっわ、寒っ。寒いっすよ、先生。それで潤くんを口説いてるつもりっすか」

「……やっぱり失敗だった。君なんか連れてくるんじゃなかった。潤くんにぼくの魅力をわかってもらう貴重で大事な時間が君のせいで台なしだ！」

口説かれていたのか……？

田島を責め立てている八束の背中を、潤は冷や汗をかきながら追いかけた。

ファッションショーが始まるまでまだ時間はあるが招待客はもう集まり始めていて、用意されているシャンパンやホットドリンクを飲みながら思い思いにスタートのときを待っている。

それを横目に、潤たちはバックステージへと回った。スタッフから中へ入るゲストパスをもらい、厳重に警備されている舞台裏へと進む。

バックステージとして使われているのは広い講堂だ。外は寒いが室内は熱気にあふれており、ヘアメイクを受けているバスローブ姿のモデルやスタイリストなどの裏方スタッフたちでごった返していた。驚いたのは、スタッフと同じくらいジャーナリストやカメラマンたちも多いことだ。世界でも有数のハイメゾンのショーだからだろう。

「泰生がいないな。もしかしてあいつは別室かな、ちょっと待ってて」

八束は近くにいる知り合いのスタッフに声をかける。つい半年ほど前まで人気スタイリストとしてこの場で同じように仕事をしていた八束は、ここに来るまでもたくさんの人から声をかけられていた。それは、八束のこれまでの仕事ぶりと人柄があってのことだろう。

「居場所がわかった。行こう」

スタッフやジャーナリストの間をすり抜けながら歩いていくのはひと苦労だ。

潤よりさらに遅れがちな田島は周囲の雰囲気にすっかりのまれていた。ぶつぶつと聞こえてくるのは「すげぇ顔ぶれ」だの「あとでサインをもらいたい」だの。潤と違ってファッション業界に詳しい彼は、集まっているモデルたちの豪華さに驚いているようだ。

「八束さん、どうして泰生だけ別室なんですか？」

「泰生のマスコミ嫌いは有名だからね、メゾン側が用意したんだよ。泰生は別格だから」

泰生のモデルの仕事に関しては、潤はほとんどノータッチのため、こういう話が聞けるのは貴重で嬉しい。

「そうっすよ、潤くん！　泰生さん、前シーズンはすごかったんすから。ファーストルックを飾った泰生さんが着た服が記録的売り上げだったって、業界でニュースになったほどっすよ。東京の全ショップで、売り出し一日目にして売り切れたって話もあるし」

「ま、ブランド側としても一番の自信作だからファーストルックにしたんだろうけど」

泰生の功績を熱く語る田島に、八束は冷静な声を上げる。

ファーストルックとはファッションショーのトップを切ることだが、ここ数年泰生はいろんなビッグメゾンでファーストルックを飾っている。それだけブランド側としても泰生のモデルとしての仕事に価値を見出しているのだろう。

マスコミよけだろう警備員に入場許可証を見せて、八束と田島が歩き出す。潤もあとに続こうと思ったら、目の前に太い腕が差し出された。

「こんなところに子供が入り込んじゃダメだろう。さぁ、マンマのところへお帰り！」

スタッフの言葉はイタリア語だったが、出国前に頭につめ込むだけつめ込んできた単語から推測するに、そのようなことを言われたのはわかった。

潤は一瞬焦ったが、気持ちを奮い起こしてまずは「Buon giorno《ボン　ジョルノ》」と挨拶《あいさつ》をする。

「た…泰生に会いに来ました。ゲストパスがあります。先に行ったふたりとは連れです」

初めに英語で説明し、それからイタリア語でも単語を並べるだけだが何とか訴えた。スタッフはくいっと片眉を上げると、潤が首から提げているゲストパスを見て表情を緩《ゆる》める。

「悪かったな、バンビーノ」

厳《いか》つい顔をしたスタッフは愛嬌《あいきょう》のある表情で笑って、潤の頭をぐしゃぐしゃとかき混ぜた。送り出されて歩き出すと、潤がいないことに気付いた八束たちがUターンするところだったので大丈夫だと笑みを浮かべる。

バンビーノって小さな男の子という意味だったと思うけど……。

昨年の夏休みをすごしたフランス・パリでもなかなか大人扱いしてもらえなかったが、やはりイタリアでも同じかと潤はがっくりする。

今日の潤はタイなしのスーツを身につけていた。タイトなシルエットはエレガントに見えるはずだし、上に羽織ったチェスターコートは柔らかいカシミヤの大人仕様。決して子供には見えないはずなのだが、シャツがキュートなドット柄なのが悪かったのか。

「やぁ、泰生。はるばる来たよ」

先ほどのよりは幾分狭い講堂の一角、大きな鏡を前に泰生がいた。ヘアメイクを受けている最中だ。八束の挨拶に、泰生は鏡越しに唇を歪めるように笑って返事をした。潤を見て無事を確かめるようにざっと上下に視線を動かしたが、その目にはうっすらシャドーが入れられている。前髪はクセをつけるためか、ゆるく波打った形でピンで固定されていた。

「泰生。わ……は、裸⁉」

四日ぶりに会った泰生にほっとして声をかけたのだが、泰生が着るバスローブの下にはきれいな筋肉のついた胸板が見えていて、思わず反応してしまった。

「会って最初に見るとこはそこか？　相変わらずおっもしれぇな、潤は。何なら下も見るか？」

「い、いいっ、いいですっ。見ませんからっ」

まるでストリップショーをするように思わせぶりに指先でバスローブの裾をまくろうとするため、潤はわーと声を上げながら泰生の手を押さえる。が、押さえた泰生の手の下――バスローブ越しにトラウザーズのウール生地を感じて、騙《だま》されたのを知った。ぴたりと動きを止めた潤に、泰生が堪《こら》えきれないように笑い出す。

「はいてるに決まってるだろ。たとえはいてなくても、こんなショーのバックステージじゃ誰も意識しねぇよ。でも、潤は期待したんだな？」

「……期待なんかしてません」

泰生から一歩離れて、潤は唇を尖らせる。睨む目は甘さを帯びていると思うけれど。

「八束先生。こういうのがラブラブって言うんすからね」

「うるさいよ、田島」

「痛っ、暴力反対っす！」

背中をど突かれている田島に、泰生は苦笑して視線を上げた。

「八束も田島も、ご苦労だったな。礼を言うぜ。ここまで大変だったろ？　潤はぼうっとしているからな。これでも本人はしっかりしているつもりらしいけど」

「そんなことなかったよ。楽しかったし、どこまででも一緒に旅したいくらいだった。ね？」

にっこり潤に笑いかける八束に、横からブーイングが上がる。

「聞いてくださいよ、泰生さん。旅の間中ずっとこうだったんすよ！　隙あらば潤くんに突進しようとする先生を止めるのに苦労したっす。そういう意味で、おれが一番大変でしたよ」

「田島？　ぼくは君に邪魔された覚えは山ほどあるけど、苦労をかけた覚えはまったく、これっぽっちも、ないけどね！」

「はぁ……弟子の苦労、師匠知らずって言いますよねぇ」

「言うかっ」

八束と田島の会話は聞けば聞くほど漫才のかけ合いにしか思えなくなってきた。潤は笑いをこらえるように頰《ほお》に力を込めるが、唇はぴくぴく動いてしまうので非常に苦しい。潤の努力をよそに、ヘアメイクを終えた泰生は文字通り腹を抱えて大笑いの最中だ。

「泰生、それ以上笑うようだったら君の学生時代の恥ずかしい秘密を潤くんにばらすからね！

とりあえず、潤くんは送り届けたよ。ぼくの仕事はこれでいったん終わり。挨拶に回りたいからあっちに行ってくる。潤くん、ショーが始まる前にピックアップに来るね」

「八束先生、待ってください。謝りますからひとりで行かないでくださいようっ」

つんとした顔で足早に歩いていく八束を田島がバタバタと追いかけていく。

「まだまだ田島は頼りないな」

ふたりを楽しげに見送る泰生の横顔に潤は見とれた。

何か、いつもの泰生と違う……。

目元のシャドーのせいで、目力がいつも以上に強調されている気がする。

きりりとしていながらもしたたるような色気は、ハーレムを有するような王族出身のエリート将校やハニートラップも辞さないような国家諜報員《ちょうほういん》といった異国風で危険な匂いがぷんぷんした。これで衣装を身につけたらどんな姿が出来上がるのか。

「見すぎ。穴が空きそうだぜ」

笑い声とともに、潤に視線が戻ってくる。正面から泰生に見つめられると顔が熱くなった。

いつもと違う泰生に、強い眼差しに、すぐにも視線を外したくなる。

「だって、泰生がかっこいいから」

いつも自分ばかりが見とれてほれ直すなんてズルイ……。

悔しくて、少し拗ねたような言い方になる。泰生を見る目も心なしか潤んでいる気がした。

そんな潤に、なぜか泰生の方が顔を逸らす。

「やべぇ、何か今むらっときた」

顔は背けたまま、横目だけでまた潤を見た。

黒々とした瞳が潤に照準を合わせてガチリと撃鉄《げきてつ》を起こす幻を見た。狙いを定められた兎《うさぎ》のように足がぶるぶると震えてしまう。

「泰……」

「再会の挨拶がまだだったな」

立ち上がった泰生は長い指先で潤の喉元をくすぐりながら、艶のある声で唆《そそのか》す。

「でっ…も、でもでもっ、ダメですって」

ここが泰生のために設けられたスペースでも、先ほどからスタッフは何人も出入りしていた。

「誰も気にしやしねぇよ。でも、潤が気にするなら——そら、ここならいいだろ？」

段ボールや荷物が積まれている一角、中庭が見下ろせるひっそりした窓際へと連れ込まれた。

壁際に潤を追いつめた泰生は、顔のすぐ隣に両手をついて囲い込む。

「ほら、これでもう何も見えない。それでも気になるんだったら、目ぇつぶってみろ」

直前までダメだダメだと心で呟いていたのに、泰生に促されると潤はつい瞼《まぶた》を閉じていた。

そんな潤に泰生は小さく笑った気配がしたが、間もなくオリエンタルなパフュームが落ちてくる。唇に優しく触れたのは、いつもの泰生のそれではなかった。

ぬるりとした感触に思わず目を開けると、泰生も気付いたように小さく舌打ちする。

「グロスをしてたの忘れてたぜ。ま、いい。あとでつけ直してもらう」

言い終わるか終わらないかのタイミングで、もう一度唇をふさがれた。チュッと甘く唇を吸われて、喉が鳴る。

「んん……」

それが合図だったように、泰生の腕が潤の体に巻きついてきた。泰生がグロスだと言った妙に滑りのいい唇の感触はやはり違和感を覚える。が、キスが繰り返されるうちに、いつの間にか気にならなくなった。

「ふ……んぅっ、ん」

何度も唇を吸われて、ときに優しく唇を噛まれて、痺れるような甘い疼きに腰が震えた。

「潤……っは」

泰生の腕が潤の体を抱いてもまだ余るようなのは潤の体が貧弱なせいか。それとも、きつくきつく抱擁されているためか。

泰生の体に埋もれるように抱かれて、潤はキスに陶酔《とうすい》した。

「ぅ、んっ……んん」

潤の唇を堪能した泰生は、口内へと忍んでくる。熱を持った舌が滑り込んでくると、耳の後ろ辺りの皮ふがでたらめに騒《ざわ》めく。舌を絡められるとくらくら眩暈《めまい》がした。

「や……ん、んーんっ、ダ…メ……っ」

膝《ひざ》がくがくと震えて、腰が蕩けそうになる。泰生に抱きかかえられてやっと立っていられる状態だ。腕は折り曲げたまま抱きしめられているのでろくに抵抗も出来ない。だから小さく首を振ってキスから逃れようとするが、泰生の唇は執拗《しつよう》に潤を追ってきた。

「ん、ぅんっ……は、泰生っ」

「悪ぃ……ん、つい夢中になった」

そう言いながらも、泰生の唇はまだ潤の唇に触れてこようとする。上体は少し離れたが、腰から下は足を絡める勢いでぴったりとくっついている。そのせいで潤の興奮は泰生にも伝わっているだろう。救いは、泰生も同様に熱くなっていること。いやそれは救いではなく、潤をさらに昂《たかぶ》らせる要因に成り果てていた。

「外はずいぶん寒いみたいだな。おまえの鼻、すげぇ冷たい」

甘えるように鼻先をくっつけられて、胸が切なく疼く。

「ここに来るまで迷子にならなかっただろうな。大変だったろ？」

「飛行機が長かったからそこだけ少し大変でした。直行便が満席で経由便を使ったから。でも旅の間は楽しかったです。八束さんと田島さんが本当によくしてくれたので」

「ふん、妬けるな。飛行機の狭い空間で、他の男とずっと一緒だったなんて」

「えぇ？」

潤の困った反応に、泰生はくすりと笑った。

「んー……おまえ、すげぇいい匂い。パヒュームをつけたのは日本を出る前か？　ラストノートがいい感じになって、すげぇゾクゾクする香りに変化してるぜ」

泰生が潤の首筋に鼻を埋めながら、熱を持った下肢を押しつけてくる。泰生の言いざまにもエロティックな腰の揺らめきにも、潤は体を熱くした。

潤の香水は、フランスにいる友人からのプレゼントだ。

爽やかな草原のようなトップノートから甘い夜を思わせるパウダリーな香りへと変化する香水は泰生の香りも作った有名な調香師のもので、質のいいパルファムのために香りも強い。普段からごくごく控えめにつける習慣にしているし、時間も経ちすぎているからもう自分ではまったくわからないのだが、泰生の鼻は敏感に感じ取ったらしい。

泰生をゾクゾクさせる香りってどんな匂いだろう。

そんな香りを今自分が纏《まと》っていると思うと、変に恥ずかしくなる。エロティックに興奮している内面をそのまま気取られているようで。

しかし、部屋の外でスタッフたちの話す声が聞こえてくると我に返った。後戻り出来なくなる前にと控えめにだが泰生の胸を押し返す。

「んっ」

が、泰生からは、抵抗するように耳を甘く噛まれてしまった。

「おまえさ、おれよりひと足早くホテルに帰ってシャワーを浴びるだろ？　その時、いつもより少し多めにパヒュームをつけとけよ」

「多めに……？」

「何なら、誰かさんじゃないけど裸にパヒュームだけ身につけてベッドに入っててもいいぜ？」

有名なアメリカ人女優の名台詞をもじった言い方だ。もともとも色っぽいセリフだが、泰生に言われるとストレートに腰が疼くような感覚が生まれる。

「ッチ。とろとろな顔すんなよ。他のヤツに見せらんねぇだろ」

泰生の声がいっそう甘さを帯びて唇に落ちてくる。再び口づけが始まって、腰をきつく抱かれた。情熱的なキスと押しつけられる欲情に、潤は息も絶え絶えになる。

「っ……これ以上はマジやばい」

ようやくほどけた泰生の唇からは、熱のこもった声がこぼれてきた。

「はっ……ふ……」

「ほら、立てるか？　無理だな、やりすぎた」

くったりする潤を泰生が抱え上げて歩きだす。大きな段ボールの上に潤を座らせると、泰生の親指がぐいっと唇を拭き取ってきた。

「証拠隠滅、と」

魅惑的に微笑んでみせ、その親指に泰生はチュッと音を立ててキスをする。そのしぐさがとてもかっこよくて、潤はさらに顔がほてってたまらなかった。

泰生がスタッフを介して呼び寄せたのは、先ほどメイクアップをしていた黒人女性だ。泰生の顔をちらりと見てため息をついた女性は、もう一度鏡の前へ座らせてメイクアップを始める。正確にいえば、唇にグロスを塗り直していた。

その様子を、潤はいたたまれない思いで見守る。

「ただいま、潤くん。あっちはもうフィッティングが始まってるよ。そろそろ客席へ行こうか」

「すげぇ、興奮した！　このメゾンってイケメンモデルを揃えることで有名だけど、ビッグモデルばっかですごかった。あれ、潤くん。ぼんやりしてるけど大丈夫っすか」

「へ…平気です。大丈夫」

体が熱を持っていて、まだどこかぼんやりしてしまう潤に田島はすかさず気付いたようだ。

心配する田島に、潤は恥ずかしさを我慢して大丈夫と繰り返す。

「田島、大げさに騒がない。後先考えずにかぶりついた野獣でもいたんでしょ」

泰生を睨みながらそう取りなしてくれた八束だが、それが本当に救いになったかは微妙なところだ。決まりが悪くて潤はもっと顔を赤くすることになったし、意味がわからないと田島はさらに騒ぎ出したのだから。

「田島はもっと機微《きび》を読むことを勉強するんだね。潤くん、行こう」

八束が声を上げたタイミングで、泰生もスタッフに呼ばれた。ショーで着る衣装を実際身につけてリハーサルが始まるのだろう。

「潤――」

二度目のメイクを終わらせた泰生が潤の傍らに立ち、腕を絡ませるように潤の左手を取ると、自らの指から抜き取ったマリッジリングを薬指へとはめた。潤には大きすぎるリングは指を滑り落ち、潤がはめているお揃いのリングと絡まるようにカチンと止まる。

「おまえに預けとく」

「……はい」

泰生が普段からマリッジリングをつけていることは潤も知っているし、仕事中も滅多なことでは外さないと人づてに聞いたことがあった。それでもモデルという職業柄どうしてもつけられない場合があるのは当たり前だ。それに対して潤は何とも思わないけれど、こんな風にリングを預けられると、胸にじんわり嬉しさとか幸せとかそんな感情が押し寄せてくる。

「じゃな、潤。くれぐれも変なヤツについていくなよ？　声をかけられても無視しろ。スナップなんか勝手に撮られるなよ？　あと――」

「はいはい、潤くんのことはぼくに任せて。泰生はさっさと行ってくれていいから」

そんな泰生に、八束がひらひらと手を振って追い払うそぶりをした。

「不本意だが、仕方ねぇ。八束、頼むぞ」

「『不本意』はよけいでしょ」

口では悪く言いながらも、泰生と八束は気の合った友人同士の笑みを交わした。


ファッションショーは柱廊《ちゅうろう》で行われるようだ。わざと作られているのだろう殺風景な赤レンガを背景にランウェイが直線状に延びている。潤たちが座る観客席はランウェイの両側。不思議なのは日本のように高い位置にランウェイのステージが設けられていないことだ。飾り気もないコンクリート床がランウェイのため、観客席の方が階段状に段差がつけられていた。田島の話では、外国のファッションショーはこの手のタイプが多いらしい。

「ワクワクするっすね。おれ、こんな大きなコレクションを見るの初めてなんすよ」

「おれもですっ！　どんなショーになるんでしょう」

ケータリングスペースでもらった温かいコーヒーを飲みながら、潤は八束たちと一緒にショーが始まるのを今か今かと待つ。隣に座る田島が興奮しているため、つられて潤もいつも以上に気分が高揚していた。泰生が出演するファッションショーを見たことは今まで何度かあるが、ここまで本格的なショーを生で見るのは初めてだ。

潤が興奮気味にそれを告げると、田島はもったいないと連呼した。

「せっかくあんなトップモデルが恋人なんすから、お願いしてもっとファッションショーに連れてってもらえばいいのに。おれなら絶対一緒について回るっすよ」

「潤くんは君みたいにミーハーじゃないんだよ」

椅子の上に置いてあった資料に見入っていた八束が声だけで会話に参加してくる。

「いいじゃないすか、ミーハーでも。好奇心旺盛だと流行もいち早く取り入れられるんすから」

「ま、一理あるけどね」

八束は軽い口調で肯定し、何かに気付いたように視線を上げた。

「ルカ・ワイドケラーが来た。もうすぐ始まるかな」

「モード雑誌、ガレス・アメリカの伝説の編集長っすね。やっぱ一番前のいい席に座るんすねぇ。おととし先生たちが企画したユースコレクションを見に来たときは場違いすぎてビビりましたけど、こんなコレクションだとやっぱ違和感ないっすよ」

八束たちが見ているのは、特等席に座ろうとしているオレンジ色のジャケットを着た男だ。潤も一度だけ見たことがある彼は、ファッション業界の重鎮《じゅうちん》である。

潤には何でもないように見える観客席だが、どの席に誰が座るかは事前に決まっているらしい。メゾンのプレスが慌ただしく行き来しているのはその調整のためで、ときに座る席のことで諍《いさか》いさえ起こるのだと八束が教えてくれた。最後列に座る潤たちは気楽なものだが、今日のようなビッグメゾンになるとこの席でも垂涎《すいぜん》の的らしく、招待されなかった人々が外で何十人もキャンセル待ちをするのだという。

その時――突然照明が落ちた。

暗闇に寒々しい風の音が響き渡ると、騒めいていた観客席も静まりかえる。車のクラクションが鳴り響いたと思ったら、一直線のランウェイが暗闇の中に浮かび上がった。

ショーの始まりだ。

ランウェイの袖《そで》から泰生が現れた瞬間、潤はぎゅっとこぶしを握っていた。観客席からも小さなどよめきが起こり、カメラのシャッター音が鳴り響く。

ショーのファーストルックはやはり泰生だった。

光沢も美しい濃いグレーのスーツに黒のトレンチコートを羽織った泰生は、メゾン名が入った赤レンガの前で足を止める。きびきびとした動作でかけていたサングラスを取って胸ポケットにしまうと、視線も鋭《するど》く周囲を見回してからランウェイを歩き始めた。

襟《えり》の高いトレンチコートはエレガントでありながらもミリタリー要素も残していて、黒革の手袋をはめてボストンバッグを持ち、靴まで黒という闇に溶けるような格好はストイックでさえあった。反面、ウェーブするように撫でつけられた婀娜《あだ》めいた髪型や凛々しさの中にもほの見える色気は、どこかの夜会から抜け出してきたような艶っぽさもある。

事前にもらった資料によると、今回のショーの衣装はロシアを舞台にしたスパイ映画にインスパイアされたものらしく、泰生が演じているのもスパイなのだろう。開演前に泰生のヘアメイクだけを見て、国家諜報員みたいだと潤が感じたのも間違いではなかったようだ。

極寒の地で、秘密ばかりを抱える男が殺風景な裏道を足早に歩くビジョンがありありと浮かび、それを余すことなく表現する泰生の表情や隙のない歩き方に潤は息をのんで見とれた。

泰生が潤の前を通りすぎるときには、心臓が痛いくらいに打ちつけていた。どうやら呼吸まで止めていたようで、泰生の後ろ姿を見送ったところで苦しくなってようやく息を吐き出す。

「これじゃ、どこのメゾンも泰生を離さないわけだ」

八束は顎《あご》をしゃくった。

「見てごらん。次が出てるのに、まだほとんどの人が泰生のウォーキングに釘付けだ」

言われて見ると、泰生とデザイン違いの衣装を着た次のモデルがもうランウェイを歩き始めているのに、観客たちはまだ泰生ばかりを見つめている。泰生の存在がそのまま磁力となって観客の目を引き寄せているみたいだ。それによって、泰生が着た衣装も観客たちの心に深く刻みつけられるのだろう。

そうか。モデルの泰生はこんなところを求められているんだ……。

ファッションショーを生で見て、会場の雰囲気を肌で感じて、初めて知った事実だ。

「このメゾンがトレンチコートを発表するのはずいぶん久しぶりじゃないかな。それにあのボストンバッグは新しいデザインだね。あれはぼくも欲しいな」

ただただかっこいいと泰生に見とれていた潤だが、八束の業界人らしい言葉に少し自分が恥ずかしくなった。先ほどの田島ではないが、これではミーハー丸出しだ。

潤はファッション業界にそれほど興味はないけれど、泰生の演出の仕事には携《たずさ》わりたいと思っている。そして今後、演出の仕事でファッションショーに関わることもあるはずだ。

ファッション業界に興味はないとか、もう言えないな。

潤は居ずまいを正して、ランウェイをUターンして戻ってきた泰生を見つめる。

ただ漫然とショーを見るだけなんてもったいない。せっかくこんな大きなショーを見る機会をもらったのだ。もっとアンテナを張っていろんなことを吸収するべきだ。

そう思ったものの潤には何もかもが目新しくて、息つく間もなく時間がすぎ、気付けばショーは最終局を迎えていた。泰生を先頭に衣装を着たモデルたちが一列になってもう一度ランウェイへと出てきたのだ。

「こうして見ると、今回のショーの特徴というか、デザインの変遷《へんせん》なんかがわかりやすいよね」

隣に座る八束がそっと教えてくれる。

なるほど——泰生が着ていたものとデザイン違いの衣装が何人か続いたあと、今度は少しカジュアルなラインに移行したデザインが続く。最後になるとプリントや異素材が組み合わされて、最初の泰生の衣装とは違うメゾンかと思うほどデザインがさま変わりしていた。ひとりひとりがランウェイを歩いていたときには、気付きもしなかった。

間もなくショーは終わるのに、自分はまだ何も吸収出来ていない気がする。ショーのことを知れば知るほど、見なければいけなかったと思うところがありすぎて青息吐息だ。

最後に、デザイナーらしきジーンズ姿の人物がランウェイの端からちらりと顔を出してショーは拍手喝采のなか終了した。

「潤くん、大丈夫？」

あれだけ大盛況だったのに、終わりは皆あっさりだ。デザイナーが顔を引っ込めたとたん、観客はさっと席を立って出ていく。しかし潤は、二十分ほどのショーで何だかぐったり疲れて椅子から立てなかった。

「すみません。ショーがすごすぎて胸がいっぱいになったというか、今までファッションショーの何を見ていたんだと思うくらい初めて知ることばかりで、頭がくらくらしてしまって」

情けない思いで潤が小声で告白すると、八束は逆に感心したとばかりに何度も頷く。

「いいね、潤くんのその真面目さ。田島、君もこのくらい真摯に向き合ったかい？　五番目のモデルが着ていたジャケットが欲しいとか、そんなことばかり考えてたんじゃないだろうね」

「うわ、先生すごいっ！　そうなんすよ、あのミリタリージャケットがすごいよかった～」

八束と田島の会話にくすりと笑い、潤もようやく立ち上がった。

「お待たせしました。もう大丈夫です――」

「あれ、潤くん。何かすげぇいい匂いがするっすね。香水ってつけてたっすか？」

ホテルのロビーに降りてきた田島が開口一番に言った言葉に、潤は頬が熱くなる。

ファッションショーを見たあと一度ホテルへ戻った潤たちは、しばしの休憩を経て、ショーの打ち上げに参加中の泰生と落ち合い夕食を取ることになっていた。

「シャワーを浴びたのでちょっとつけ直したというか……そんなに香りますか？」

「大丈夫、普段からそのくらい主張しててもいいと思うけどね。ぼくも今日初めて知ったぐらいだし。うーん、それにしても潤くんらしい爽やかな香りだね。草原を吹き渡る風みたいでぼくは好きだな。新たな創作意欲がわきそう」

目を細めて八束に賛美されると、ますますいたたまれなさを感じてしまう。

泰生があんなことを言うから……。

潤は恨めしく泰生のことを思う。

ショーのバックステージで、泰生が香水だけをつけてベッドで云々と言ったせいで、つい意識して普段よりほんの少し多めにパヒュームをつけてしまったのだ。が、これから外で食事をする予定を入れていたのだから、実際そんなことが出来るはずがなかった。もし――出来る状況にあったとしても、裸でベッドで待つなど潤には恥ずかしくて出来なかったと思うけれど。

「うー寒いっすねぇ。潤くんは大丈夫っすか？」

ミラノは夜になって一段と冷えてきたようで、指先や耳の先など先端ほど冷たくなって痺れるほどだ。路面電車に乗ってほっとしたのも束の間、椅子や窓枠が古めかしい木製の雰囲気はすてきだったが、電車そのものがアンティークらしくて暖房機器がついておらず、外とまったく変わらない車内の温度に潤はもちろん田島も震え上がっていた。シャツを新しく替えてネクタイを締めた以外は昼間とまんま同じというなかなか重装備な潤に比べて、おしゃれ重視なのかコートを置いてきた田島の格好では、この寒さはこたえるだろう。

「出迎えご苦労」

ショーの打ち上げであるアフターパーティーが行われていたのはミラノでも有名なリストランテだった。店内はずいぶん盛り上がっているようで、賑やかな声は外まで聞こえてくる。携帯電話で呼び出した泰生も、ほろ酔いといったところだ。

「何だこの寒さ。鼻の中まで凍りそうだぜ」

細身のトラウザーズをはいてシャツとネクタイの上にもこもこのセーターを着ただけの泰生は、外に出てようやく寒さを自覚したようで、慌てて持ったままだったコートを羽織っている。

「何時だ？　予約した時間には少し早いが、行ってみるか」

泰生と八束がお気に入りだというリストランテはここからすぐだという。

しかし歩き始めてすぐ、八束のポケットで携帯電話が鳴り出した。

「何か嫌な予感……」

八束の呟き通り、日本からの国際電話でもたらされたのは、何かしら厄介ごとだったらしい。

「だから、そのパターンで変更出来るかって確認は取ったでしょ？　あ、そっちの問題？」

服の製作上で何かトラブルが起きたようでしばらく話していた八束だが、決着はつかないようだ。事情がわかる田島も傍で心配そうに見守っている。

「わかったよ。一度ホテルに戻ってパソコンで確認を取ってみる」

電話を切り上げた八束は、大きくため息をついた。

「タイミング悪すぎ。あー、とろとろのオッソ・ブーコにサフランの香りが最高の焼きリゾット、カリカリの衣にレモンとチーズの風味が絶妙なミラノ風カツレツに濃厚なゴルゴンゾーラのタリオリーニ……」

「あそこの生ハムとサラミも美味いよな」

「思い出させるなっ」

ひとしきり美味しそうな料理名を言い連ねていた八束は横から口を挟んだ泰生を睨む。が、やがて諦めたように肩を落とした。

「泰生、悪いけど今夜の食事は——」

「一時間後で間に合うか？」

キャンセルを言いかけたらしい八束だが、泰生がそれを遮《さえぎ》るように口を開く。コートのポケットから出したスマートフォンを耳に当てながらだ。

「間に合う。いや、絶対間に合わせるに決まってる！」

八束は目を輝かせて、リストランテの予約変更をする泰生を見守った。変更が叶ったのを確認して、八束は田島を急かして駆け戻っていった。潤もほっとして八束たちを見送る。

「んじゃ、おれたちはそれまで街ブラでもしようぜ」

「はい。あぁっ、その前にこれ――」

潤は自分の指から抜き出したリングを泰生に渡した。ファッションショーが始まる前に預かっていたマリッジリングだ。

「なんか落ち着かないと思った。よしよし、んじゃ――行こうぜ」

泰生はリングを左手薬指にはめると、上機嫌に潤の肩へ手を回して歩き出す。

夜といってもまだ七時前だ。ショップも半分ほどは開いており、店のショーウィンドウからもれる明かりが石畳をほっこりと照らして、道行きも楽しい。

しかも中世の雰囲気を色濃く残す建物や教会は美しくライトアップされており、街の通りや広場には華やかなイルミネーションも施されていた。荘厳な街並み全体が光で照らし出されるさまは、とてもロマンチックでため息がもれる。

「まるで街全体がお祭りみたいですね」

通りの頭上で光の川のようにきらめくイルミネーションを、潤は陶然《とうぜん》と見つめた。

「実際昨日までお祭りだったからな、クリスマスの。エピファニア——キリストの誕生を祝いに東方から三人の賢者がやってきた日だったかな。だから、イタリアじゃ昨日までがクリスマス。聖歌隊が歌ったりパレードが出たりで賑やかだったぜ。ドゥオーモの前にもでっかいクリスマスツリーが飾られていたはずだけど、行ってみるか？」

「ええ？　今日はなかったですよ。昼間、ショーの前にちょっとだけ寄ったんですけど」

「じゃ、さっさと撤去したんだな」

ここに残っている光の装飾は昨日までの名残なのか。

のんびりしてくれてよかったと、風に揺れる小さな明かりたちを見上げた。

「わ、泰生。まだクリスマスツリーがあります」

細い路地の奥、小さな教会の前に立派なクリスマスツリーを見つけた。他の大教会に比べると建物も質素でひっそりしたものだが、オレンジ色の壁は歴史を感じる。その入り口の脇に、イルミネーションされたクリスマスツリーが残っていた。

「何かお得ですね。クリスマスを二回体験出来るなんて」

「すげぇうっとりした顔して。んな喜んでもらえるとこっちも嬉しいが、だったらなおさらクリスマスシーズンのミラノを見せたかったぜ。昨日の直行便に乗れてたらよかったのにな」

「そうか！　そうしたら、時差も含めて昨日の夕方には着いてたはずだから……」

潤はがっくりして嘆く。

「今度、ちゃんとクリスマスシーズンに連れてきてやる」

「本当ですか？　約束ですよ」

「心配なら手形を切ってやろうか？」

そう言いながら、クリスマスのイルミネーションを映し込んだ黒瞳が近付いてきた。

昼間のショーで見たスパイを彷彿とさせるストイックな表情は消え去り、甘やかな微笑みを浮かべるばかりの泰生に痛いほど胸が高鳴った。目を閉じたタイミングで、唇にキスが落ちてくる。しかし思いの他すぐに離れようとした唇に、潤は思わず背伸びをして追いかけていた。外国の、人気《ひとけ》の少ない暗がりの路地という場所が大胆にさせたのかもしれない。ロマンチックな街並みやイルミネーションに浮かされた感も大きい。

「ふ……」

泰生の唇が小さく笑うのを聞いた。頬が熱くなるのを意識したが、泰生のコートの胸元を摑んで、潤はつま先立ちのままキスを堪能する。

「は、ふ……」

官能の痺れに下肢がたえられなくなって、潤はまた自分からキスを解いた。踵《かかと》を地につけ、摑む泰生のコートを頼みに体を支える。

「何だ、もう満足か？」

笑みをかたどる唇へエロティックに舌を滑らす泰生に、潤はいたたまれなくて目を逸らした。

なんて大胆なことをやってのけたのか、おれっ。完全に雰囲気に酔ってた……。

我に返ると恥ずかしくてならない。出来ることならこのまま逃げ出したかった。

「すげぇ可愛い、潤。もう一回しようぜ——…って、冷たっ。おまえ、何でこんなに手が冷えてんだよ。手袋忘れたのか？　用意しとけって言ったろ」

コートを摑んでいた手を泰生に握られて、声を上げられる。泰生も素手なのに、温かいのはなぜなのか。

潤は情けない思いで、手袋を日本のホテルに忘れてきたことを告白した。

「だったらポケットにでも突っ込んでろ。んな冷たくなるまで我慢しなくてもいいだろ」

「でも、ポケットに手を入れて歩くなんて行儀が悪いです」

潤が言うと、泰生は嫌そうに顔をしかめた。すぐに潤の両手を握ると、抱きしめるように引き寄せて自らの手ごと自分のポケットに突っ込む。

「言われた言われた、おれも昔、すげぇうるさいバーさんにしこたま言われたぜ」

「あの、あのっ、泰生」

「何だよ、手を抜くな。歩いてなければ問題ないんだろ？」

泰生のコートの脇にある大きなポケットそれぞれに右手と左手を突っ込まれているせいで、潤は泰生に抱きつくような格好になっていた。恥ずかしいが、それでも手が温もってくると心まで温められたように頬がじんわり緩んでくる。

「どうせ潤もオバーサマが言ったこったろう。でも、あのオバーサマはこんな寒い中絶対歩かないぜ？　優雅に車に乗って移動するからポケットに手を突っ込む必要もないんだよ」

「そ…そうか」

泰生のへりくつに近い説得に、しかし潤は大いに納得してしまった。

「マナーとして間違ってはないけど、礼を尽くすときだけでいいだろ。こんなに手が冷たくなってもひたすら我慢する潤を見ると、躾のレベルを超えて虐待に思えてしまうぜ。臨機応変って言葉もきっちり教えるべきなのに」

胸に耳をつけて話を聞いているせいで、泰生の声はいつも以上に優しいものに聞こえた。

「よし、そうとわかったらちょっと急ぐぞ。革製品はフィレンツェがいいって言うが、ミラノにもいい店があるんだ」

泰生が潤の手を引っ張るように歩き出す。早足で歩く泰生を、潤は駆け足に近いペースで追いかけた。石畳のせいか靴音がよく響き、ひっそりとした通りに速さの違う靴音が聞こえるさまはちょっとした音楽みたいだ。

「よかった。まだ開いてたな」

泰生がペースを落としたのは、ひときわ古い建物が並ぶエリアが見えてからだ。

大通りから一本入った丸くカーブした路地には、古めかしくて小さなショップがひしめきあっていた。ショーウィンドウにセンスよく飾られているのは靴やジュエリーなどさまざまだが、奥に工房が見える様子から職人が開いている店なのだろう。今日のファッションショーを開いた有名メゾンのようなゴージャスさはないけれど、芸術作品のような細緻な意匠やセンスもデザインも優れた製品は、誰もが心惹かれずにはいられないはずだ。

そんな店のひとつを泰生は訪れた。ショーウィンドウには上品な手袋が並んでいる。

「Buona Sera《ボナ セーラ》!」

夜の挨拶をしながら泰生が入っていくと、出迎えたのは気難しそうな顔をした男だった。真っ白い髭《ひげ》をたくわえた老齢にもかかわらず、品のいいセーターに首元にはストールを巻き、ぴしりとプレスが効いたパンツやピカピカに光る靴にいたるまで装いにまったく隙がない。

さすがイタリアの男性だ。幾つになってもおしゃれでかっこいい。

感心しながら、潤も泰生に続いて挨拶をする。店員は泰生を見ると唇を歪めるように笑みを見せて握手のための手を伸ばした。

泰生と店員がイタリア語で挨拶を交わしている間、潤は所狭しと並べられている商品を見回す。ショーウィンドウにあったのは女性用の手袋だったが、店内には品のいい男女ものの手袋の他に、作業で使うような無骨で厚手のものや白手袋も置いてあった。どの手袋にも共通するのが革製ということ。木製の浅い引き出しに置かれた手袋はシンプルな黒革製だが、手首部分に群青色《ぐんじょういろ》のステッチが入っているのがおしゃれで、何より指先までのラインが美しくて潤の目を引いた。手に取って見たかったが、フランスでもそうだがイタリアでも商品を勝手に手に取ってはいけないのがマナーだ。

「潤、来い」

ウズウズする潤に気付いたのか、泰生が呼んだ。

「このじーさんはマルコ。すげぇ頑固だが、いいものを作るんだ。今日ショーがあったメゾンにも一時商品を卸してたんだが、デザイナーと大げんかをやらかしてさ。引きとめるのも聞かずに全商品を引き上げたってほどの一徹なじーさんなんだぜ」

眉間のしわがマルコの気難しさを表しているようだが、商品を見る目は優しかった。

「お勧めを選んでもらうが、何か気になるものはあったか」

そんなマルコによってピックアップされていくのは、色も形も革の種類もさまざまな手袋だ。ただしサイズだけは均一——さっと見て、潤の手のサイズに見当をつけたのだろう。

「ちょっと遅くなったがクリスマスプレゼントだ。ちょうどいいだろ？　さっきクリスマスツリーを見たばっかだし」

泰生には日常的にいろんなものをプレゼントされるため、改めてクリスマスプレゼントはもらわなかったのだが、今回のプレゼントは一段と嬉しい。

木製のトレーには、見るからに上等な手袋から色もポップでカジュアルな手袋までさまざま並べられているが、一番気になるのはさっき見たあの――。

潤が振り返ったとき、マルコがステッチの効いた黒革の手袋を持って近付いてきた。潤の目が輝いたのを見たのか、マルコは得意げに鼻をうごめかせる。

「バンビーノはこれが気に入ったのかね。なかなか目が高いな」

そのようなイタリア語だったろう。冒頭の単語だけははっきりと聞き取れた。

またしてもバンビーノだ。

いや――マルコのような老齢の人からしてみれば、自分などバンビーノに見えるのは当たり前かもしれないと自らを慰めて、潤はトレーに置かれた手袋を見下ろす。頭の引き出しから引っ張り出したイタリア語で手袋に触れる許可をもらい、そっと指を伸ばした。

手に持ったとき、革の柔らかさに驚いた。つややかななめし革も美しいし、大人仕様の上品な手袋だが群青色のステッチがちょっとだけ若々しい。内側には手触りのいい裏地が縫いつけられているため、手を入れたときも温かいだろう。

「モロッコ産のキッドスキン？　あぁ、子山羊皮《こやぎがわ》の最高級品ってヤツか。裏地はカシミヤ？　ふぅん。だってよ、潤」

マルコがまくし立てるイタリア語での手袋の説明を泰生が訳してくれる。手にはめると少し窮屈だが、革製の手袋は使っているうちに伸びるためにきつめがいいと言われた。

「これにします」

手袋をぎゅっと胸に抱えると、マルコは笑って頷いた。ショップをあとにして泰生と並んで歩き出しながら、潤はさっそく手袋をはめる。

「ありがとうございます、泰生。すごく嬉しいです。かっこいいし、何より温かい」

胸の前で両手をひらひらと動かした。そんな潤に、泰生は唇の片端だけを上げて笑う。自分でもちょっと浮かれすぎていると恥ずかしくなりながらも、弾《はず》む足取りは止められなかった。

「すてきなショップでしたね。マルコさんもすてきな方でした」

頑固一徹な職人魂がこもった店をもう一度振り返り、暖かい明かりが点るマルコの店の一部を、自分が今こうして持って帰れることが誇らしくなる。

「あ……」

その時——目端にちらりと白いものがよぎって、空を仰いだ。雪模様だった空から、とうとう雪が落ちてきたらしい。ミラノの古い街並みに、雪は音もなくしんしんと降ってくる。

「きれいですね」

光の装飾も相まって、ため息が出るほど幻想的な光景だ。

喉で笑うような声に泰生を見ると、黒髪にもコートの肩にも雪が降り積もっていた。

「おまえは、反応がいちいち可愛いよな」

どうやら潤の頭にも積もっていたようで、泰生が優しいしぐさで払ってくれる。それが、キュンと胸が鳴るほど愛おしく感じた。

「ん、時間までもう少しあるな。バールでエスプレッソでも飲んでいこうぜ」

潤の手首を取って腕時計で時間を確認した泰生は、イタリア版カフェ――バールを指さした。テーブルと椅子もあるが、多くの客がカウンターでエスプレッソを立ち飲みする姿はイタリアの名物といってもいいだろう。ミラノに着いたときからそんなバールを憧れの眼差しで見ていた潤としては、泰生の提案は願ったり叶ったり。入れ替わり立ち替わり客が入る雰囲気のいいバールを見ながら、潤は首振り人形のように何度も頷いた。

「す……ごい」

部屋の上部を彩るフレスコ画と豪奢《ごうしゃ》なシャンデリアを、潤は呆然と見上げる。

「十八世紀に建てられたバロック建築ってヤツだな。ばーさんが言うには有名な建築家が建てて、天井は著名なフレスコ画家に描いてもらったらしい。こういうのが普通に家の中にあるというのがイタリアのすごいとこだよな。ま、貴族だからあり得るんだが」

泰生の声を聞きながら、潤は天井から視線を外せなかった。

八束たちとの楽しい夕食を終え、迎えのハイヤーに乗って潤が向かったのは宿泊する屋敷だ。泰生がミラノでコレクションに参加する際は毎回世話になっているという知人宅で、何とイタリア貴族の邸宅のひとつらしい。外観は隣接する建物と何も変わらず、歴史を重ねた荘厳さはあっても総じて控えめだったが、中に入って驚いた。壁や天井までレリーフが彫られた豪華な玄関ホールには中央に大きな女神像が据えられており、緩やかにカーブを描いて二階へと続く大階段は着飾った貴婦人が優雅に行き来するにふさわしい壮麗さだった。

さらに案内された寝室には、水色の澄んだ空にたくさんの天使が舞うフレスコ画の天井が待っていて、潤をノックダウンする。

入ってから、もうどれくらい天井を見上げ続けているだろうか。

「ここで生活をするんですか、イタリア人は」

「どうかね。冬のミラノは寒いし、気が向いたときに訪れる程度じゃねぇの。こっちの貴族は桁違いだからな。普段の生活は元より、遊びひとつとってもばからしいほど金を使う」

首が痛くなってようやく視線を戻すと、豪奢なベッドに腰かけていた泰生が肩を竦める。

潤も想像はつかないが桁違いという言葉には納得した。潤の実家も歴史的価値がある洋館だったが、規模がここことは天と地ほども違う。日本のちょっとした金持ちと歴史ある国の貴族とは比べものにならない開きがあるに違いない。

「でも、まぁ、ここのばーさんは貴族といってもさばさばして気のいいコンテッサ——伯爵夫人だがな」

そう言う泰生に、潤もほんの少し気持ちを静めた。

豪奢な空間は落ち着かないが、一夜ぐらいだったらこんな贅沢もいいかもしれない。いや、そう思わないと今夜は眠れないだろう。何より、寝るときは部屋を暗くするから天井のフレスコ画も見えないはずだ。

ただおれとしては、ミラノ入りして昼間もったいなくも休憩するためだけに取ったホテルの部屋でも十分だったけどな……。

夕食で八束たちと盛り上がっただけに、一緒のホテルでも楽しかったのではと少し残念だ。

「そうだ、荷物！」

専属の執事がホテルまで取りに来てくれた潤の荷物は、部屋の隅にちょこんと置いてあった。

いたって普通のスーツケースだが、普通すぎてこの部屋ではものすごく浮いている。

「んで。そろそろ恋人の存在を思い出してもいい頃じゃねぇの？」

ベッドについた後ろ手で体を支え、泰生が組んだ足をぶらぶら揺らして潤を見た。

ファッションショーのときのようなストイックなメイクもしていないし、夜会から抜け出してきたような甘さを漂わせてもいないのに、じっと見つめられるだけで胸が落ち着かなくなる。

「来いよ。潤――」

差し出された手に、潤はふらりと引き寄せられたように近付いた。大きな手に自分のそれを滑り込ませると、あっという間にベッドへ連れ込まれてしまった。

ベッドに座る泰生の上に乗り上げる形に抱き起こされて、潤は神妙な顔で泰生を見下ろす。

「こんなすごい部屋で、いいんでしょうか」

「恋人を連れ込むなとは言われていないぜ。つか、そんな面倒なことを言われたら最初から泊まらないけどな。いいから、楽しめよ」

そう言うと、泰生が顎を上げてくる。近付く唇に、潤の方こそ距離を縮めるために泰生の首へ抱きついた。触れる唇は温かかった。

「ん……」

唇を左右にすり合わせて、泰生の唇のなめらかさを堪能する。

昼間のグロスのぬめった感触はやはり楽しくない。変な味もしたし、何より泰生の唇が曖昧《あいまい》にしか感じられなかったのだから。

「くく……何遊んでんだ?」

唇に触れるだけのキスに、泰生が小さく喉で笑う。腰に回されていた手が背骨をたどるように上がってきた。

「ふ……っん」

指先が、手の腹が、意図を持って潤の背中へ触れてきて、スーツ越しだというのに騒めく感じがたまらない。泰生が重くないようにと潤は膝立ちの格好でいるが、体を支えている腿《もも》から力が抜けそうで困った。

「泰生、シャワー……」

「おまえ、ホテルを出るときにシャワーを浴びてるだろ? おれも、ショーが終わったあとに浴びてるし、終わってから一緒に入ろうぜ。ここの風呂はまた贅沢だぜ。それに――」

すげなく提案を却下して、泰生は潤の首筋に鼻を埋める。

「ちゃんとおれの言いつけを守ったようだな? これをシャワーで流してしまうなんてもったいないだろ。さっきからすげぇいい匂いがしてるぜ。くらくらする」

そのまま、首筋の薄い肌に唇を押し当てられた。

「ん、それは……だって」

「体が熱を持ったせいで香りがさらにいい感じになってる。さっきのリストランテでこの匂いを纏わせていたら、八束は卒倒したんじゃねぇ？　あまりにエロティックで」

「そんな……」

首筋をついばまれて、潤は体をくねらせる。そんな潤に、泰生は目を細めて笑った。

「でも、まだ変わるだろ？　ラストノートはこんなもんじゃねぇよな、もっととろとろにエロい。おれだけしか知らない潤の香りだ」

瞳の奥を妖しく光らせて潤の官能を刺激する。

泰生の言葉に、淫猥《いんわい》すぎる眼差しに、潤は耳まで顔を真っ赤にした。

恥ずかしいのに、どうして嬉しいとも思ってしまうのだろう。

体はさらに熱くなり、目が潤んでしまう。下から見上げる泰生には、そんな潤の変化などすべて見られてしまっているだろう。

「泰生……キス……」

今のいたたまれなさを長引かせるよりキスをねだって顔を見えなくする方がましのような気がした。口にしてみて、やはり恥ずかしさに顔が熱くなってしまったが。

「今日は香りが変わるまで楽しもうぜ」

笑って、泰生は伸び上がるように唇にキスをしてくれた。優しく吸い合うようなキスを繰り返したあと、泰生は濡れた舌で潤の唇をノックする。

「ぁ……んんっ」

自らの内へ唇を開けて誘い込むと、泰生は奔放《ほんぽう》さを爆発させた。肉厚の舌は、潤の口内を好き勝手に動き回る。舌先で敏感な粘膜をくすぐったり潤のそれと絡ませて擦り合わせてみたり。ぬるぬると舌が絡まる感じは、いつだって潤の腰をダイレクトに刺激する。

その間、泰生は器用にも潤のスーツを脱がせていく。ジャケットをはぎ取られてネクタイを緩められると、首元が急に薄ら寒くなった。シュッと衣ずれの音を立てて引き抜かれたネクタイは無造作にベッドの下へと放られる。襟元をくつろげる泰生の指先がたまに喉を掠めて、潤は背中を震わせた。

「ふ…ぅんっ、ん、っは」

キスで呼吸が苦しくなって眉を寄せていると、泰生は絡めた舌を解いてくれた。しかしチュッと水音を立てて抜け出ていく泰生が惜しくて、潤の方こそ追いかけてしまう。唇の内側へ引っ込む前に、潤は泰生の舌に舌先で誘いをかけた。

もっと触れ合いたい。もっと絡めたい。もっと息がつまるくらいに――。

「ん、んっ」

「わかったって。そんな可愛くおねだりしない。こぉら、エロいぞ」

楽しそうに笑いながら、泰生が潤の舌を食む。柔らかい唇で咀嚼《そしゃく》するように舌を挟まれてむしゃむしゃと食べられた。

体を支えていた腿はもうほとんど役目を果たしておらず、潤はなかば泰生の腰の上に座り込んでいた。泰生の首に回した手で何とかすがりついて事なきを得ているが、シャツ越しの背中を大きな手でセクシャルにまさぐられるとそれも難しくなる。

「んーんっ、ぁ、あっ」

膝が小刻みに震えて、とうとう泰生の体の上にへたり込んでしまった。キスがほどけた唇からは荒い息がもれる。が、腰の下に泰生の熱い塊を感じてしまい、反射的に体がわなないた。

「どうした？　潤」

見ると、泰生の黒い瞳はエロティックな興奮できらきらと輝いている。それがゾクゾクするほどきれいで見とれた。

「意地悪……」

「おれが意地悪だって最初から知ってるだろ。もちろん、おれがエロいってのもな？」

泰生が、潤の顎に噛みついてくる。痛くはないけれど、皮ふの下にある顎骨を確かめるようにがじがじと食い込む歯牙の感触は、潤に悩ましいような官能を植えつけていく。

「ふ……、っん、や…ぃやっ」

顎のラインを耳の下までたどるように嚙まれて、ぞわぞわと足のつま先から何かが這い上がってくるようだ。

さらには、泰生が腰を揺らめかせ始めるからたまらなかった。緩やかだが下から突き上げるような動きをされると、上質なウール越しに、泰生の熱塊が潤の危ういところを押し上げてくる。泰生の欲情の度合いを、温度と固さでストレートに伝えてくるのだから。

非常に恥ずかしくて、同時にひどく興奮してしまう。

「嫌か？　本当に？」

訊ねられて、潤は乾く唇を何度も舐《な》めたあと、そっと告白した。

「ぃ……やじゃない」

「くく、だろうな。おれもだ」

笑いをこぼした泰生の唇は、ようやく潤の口に戻ってきた。が、今度は唇をくっつけ合うだけの小鳥のキスだ。唇を触れ合わせては離し、離しては触れて、熱い息を交換し合う。

キスのしすぎで息が上がった頃、ようやくベッドへ寝かせてくれた。

「あ……」

が、天井に見えたフレスコ画に変な冒瀆感《ぼうとくかん》を覚えた。

本物のイタリアの空と見まがう澄み切った水色の空を天使たちが飛び交うそれは、きっと敬《けい》虔《けん》な思いから描かれたものだろう。その下で、こんな淫らなことをやっていいのだろうか。

ふいごのように胸を上下させながら、潤はぼうっとフレスコ画を見つめる。

「潤はあれがお気に入りだな」

セーターもシャツもさっさと脱ぎ捨てた泰生の上半身を見て、条件反射のように体が熱くなるのも不謹慎な気がした。

「でも、今はその、ちょっと気まずいというか……」

「は？　何でだ」

潤のシャツをはぎ取りながら泰生が首を傾げる。ベルトをカチャカチャと外される音が何だか本当にいたたまれなかった。なのに潤は、ズボンや下着を脱がせる泰生の動作に無意識に腰を上げて手伝ってしまうのだ。

「泰生はあれを見て、敬虔な気持ちになりませんか？　なのに不謹慎なことをやってるなって」

潤が言うと、泰生が一瞬おいて大きく噴き出す。エロティックな雰囲気も敬虔な気持ちも何もかも吹き飛ばすような大笑いをされて、潤は唇を尖らせた。

「もう、泰生っ」

柱や梁《はり》、窓枠までも贅沢に金が使われている豪奢な部屋で、王さまが眠るような大きすぎるベッドの上で、泰生は前を開けたままのトラウザーズだけという格好で腹を抱えて笑っている。

その光景はちょっとだけシュールに思えた。

「可愛いよな、潤は。何でそんなに物事を真剣に捉えるのか。古来ここで寝てセックスをしてきたヤツらの中でそんなことを考えた人間はきっといないぜ?」

「いるかもしれないじゃないですか。もう知りません」

シーツを体に巻きつけて、潤は体ごとそっぽを向く。

「あー、拗ねるなって。潤が心配になったんだよ。そんな純真で、よくミラノまで無事にたどり着いたなって。きっと八束が相当苦労したんだろうぜ」

「もっとひどいことを言ってます!」

抗議すると、泰生が後ろからシーツごと潤を抱きしめてくる。シーツの合わせから強引に手を滑り込ませようとする泰生としばし攻防戦を繰り広げた。

「もうおれは寝るんです。このまま眠るんですから触らないでください。や、泰生っ」

「つれないな。昼間、バックステージであんだけ煽っといて。潤があんなやらしいキスをするから、あの後すげぇつらかったんだからな。まだ体に余韻がくすぶってるんだ、責任取れよ」

「そんな――…ん、ゃっ」

シーツ越しに探り当てられた乳首を指先でかりかりと引っかかれて、潤はぐんと体をしならせる。淫らな手を押さえようとするが、潤の抵抗をかいくぐってシーツの中へと潜り込んできて、下肢の弱点を押さえられてしまうと潤の負けが確定した。

「っは、んんっ……ぁ、泰生っ」

ゆるく勃《た》ち上がった屹立《きつりつ》を加減をつけて揉みしだかれて、ダイレクトな刺激に潤は唇をわななかせた。さらした首筋に、泰生が後ろからキスを落としてくる。

「あ、あっ……」

もうひとつの弱点である乳首まで触れられると、ひとたまりもなかった。

「なぁ、腰が揺れてるぜ？」

「もう、ゃあっ……っ、ひ」

芯の入った乳首を指の腹で押しつぶされ、屹立を揉み込まれる。軟体《なんたい》動物のような濡れた舌が首筋を行き来すると、淫靡《いんび》に揺れる腰を止められなくなった。欲望からこぼれる雫《しずく》が泰生の動きに合わせてクチュクチュと音を立て、耳から入って脳を犯していく。

「ん、んゃっ…やっ」

刺激があらゆる方面から潤を責め立てていた。

「ぅあっ……すげぇ。香りが……っ」

「な…に？　あ、あぅっ……っ」

背後で——潤と同じほど切羽つまった声がしたあと、唐突に泰生が体を離した。

潤の体を仰向けへ転がすと力業《ちからわざ》でシーツをはぎ取る。快感に浸っていた体には、シーツが肌を擦る刺激さえ騒めく感じがした。衝撃をやりすごして瞼を開けると、苦虫を噛みつぶしたような泰生と目が合う。

「泰生？」

「うっせ」

「な…んでっ、あぁっ」

問いかけを拗ねたような口調ではねのけて、泰生は潤の屹立にかぶりついてきた。痺れに似た鋭い快感が一気に体を突き抜けていく。跳ねる腰を押さえつけ、泰生はさらに口を開けて欲望にむしゃぶりついた。

「ぁあ、ぃや……泰、せ…、いやっ」

温かい粘膜にすっぽり覆われて、潤は甘い戦慄に身悶える。

先端を吸われたかと思うと舐めしゃぶられる。喉の奥まで飲み込まれると腰ががくがくと痙《けい》攣《れん》した。口からこぼれるのは意味をなさない言葉の羅列だけ。甘ったるい声は潤の耳に他人のもののように入ってきてはすり抜けていった。

「っ、ぁ……あっ、んーん…っやぅぅ」

「クソっ、エロい声しやがって。さっきは香りでヤバかったが、今度は声でヤバイなんて冗談だろ。エロ潤がっ」

「ん、え……っえ?」

「おまえは黙って喘いでろ」

「んんっ――…っ、っふぁ、あっ」

先端を舌でこじられて、潤はひときわ高い悲鳴を上げた。

頭の芯が灼けるような圧倒的な愉悦に、潤はシーツを蹴って逃げようとする。襲ってくる快感が強すぎて、泰生の頭を押しのけようとした。が、屹立を咥えたまま泰生がほんの少し頭を上下させるだけで、そんな潤の抵抗はすべて無効化されていった。

聞こえてくる水音は泰生がわざと立てているように大きい。いや、それほど潤の欲望から雫がこぼれ落ちているのか。

口淫を施されてから幾ばくもなかった。

「っ……ぁ、だめ……だ…めっ、も……っ」

深く咥えられたまま、絶頂を迎える。泰生の頭を押しのけようとしたはずの手は、その瞬間強くすがりついてしまっていた。がくがくと震える潤の体を、泰生は最後まで離さなかった。

「ふ……っく、っ……は」

ようやく泰生が体を起こし、潤の腕はずるりとベッドへ落ちる。荒い息をつきながらけだるげに見ると、泰生は顔をしかめてベッドを降りていくところだ。

「やっぱまず……」

壁の一角、豪奢な扉を開けると冷蔵庫が隠れていて、そこから取り出したペットボトルを一気飲みしている。細身のトラウザーズだけを身につけた泰生は、ギリシャ神話に出てくる男性神のような美しい上体をさらしている。締まった腰のラインもかっこいい。

昼間のショーで見たロシアのスパイもかっこよかったな。

「潤、飲むか？」

振り向く泰生に、潤はいらないと首を振って答えた。

かっこいいのに、やることは強引で意地悪でいやらしい。

「何で、いつもまずいって言いながらやるんですか。吐き出してくれたらいいのに」

潤が嫌がるのがわかっていて泰生は強引に口で愛撫する。鋭すぎる快感に、頭のねじが一本はずれる気がして怖いのだ。しかも、泰生は決まって潤が吐精するまでやめてくれない。

「その顔が見たいからだろ。すげぇ恥ずかしそうで悔しげで。絶品だからな？」

泰生はにやにやと笑いながらベッドへ戻ってきた。その時には、はいていたトラウザーズも下着も脱ぎ捨てて潤と同じく裸になっていた。

やっぱり意地悪だ。

「昼間は、あんなにかっこよかったのに」

潤が口を滑らせると、泰生は心外そうに眉を上げた。荷物の中から持ってきたゼリーを手にして、潤の足を強引に開かせる。

「あっ、泰生っ」

「ふぅん。潤は、あんなのが好みか？」

「ちがっ……やっ、いきなりっ」

ゼリーでぬめった指は、潤の後孔にわずかな抵抗だけで入り込んできた。ぬちぬちと音を立てて押し広げられると、これから迎える快感を期待して腰の奥が疼くようだ。

「ぁ…ぃや……っん、あぁぁっ」

が、指でいいところを探るような動きをされると、余裕など吹き飛んだ。入り込む指が増えるごとに、声が高らかに歌う。

「んじゃ。潤の期待に応えて、スパイごっこしてやるよ」

喉が痛くなるほど鳴いたあと、ようやく泰生が体を起こした。開いた潤の足の間に、腰を進めてくる。

「な、に？」

「潤が隠している秘密を暴《あば》いてやる」

「秘密なんてありませ…――んっ」

柔らかくほぐされた秘所にぐっと押しつけられた熱塊にじんと体の深いところが痺れた。が、なぜか泰生はそれ以上動いてくれない。

「だろうな。あー、潤じゃ人選ミスだ。いや、シチュエーションミスか。ッチ。せっかくスパイごっこが楽しめると思ったのに。なんか見つけろ。思い出せ。おれに隠してることないか？」

「あっ、あぅっ……やだ、やっ…そんな、押しつけてばっかり…やっ」

「あぁ、こういうのもいいな。純真な人間が隠した悪を、引きずり出して暴くのもスパイものとしては美味しいだろ」

切なく疼く秘所に、泰生の怒張は触れたまま。欲しいなら、望みのものを差し出せとばかりに泰生がひんやりとした微笑みを浮かべて見下ろしてくる。その表情は、確かに昼間見た秘密諜報員さながらのストイックさだった。反して、乱れた黒髪が顔にかかるさまや妖しく光らせる黒瞳はひどく嬌艶《きょうえん》だ。

「ぁうっ……泰っ生…っ」

「潤、ほら？　おまえが心の奥底にひっそり隠している秘密を吐いてもらおうか」

「そんなの、ないっ……あぁっ、あぅ」

ぐぅっと先端だけ潜り込ませたあとすぐに腰を引く泰生に、潤は泣き出しそうになる。

本当に秘密なんてない。泰生に隠していることなんて――――……。

「あ……」

潤の表情が変わったことに、泰生はふっと眉を寄せた。

「ふぅん。何かあったみたいだな。ないと思ったのに、潤はおれに秘密を隠し持ってたか」

「え…と、でも……」

「いいぜ、おれがその体から聞き出してやる。閨房術《けいぼうじゅつ》にはそれなりに自信があるからな」

「っ、あぁぁっっ」

今まで焦らしていた秘所に勢いをつけて押し入ってきた熱い凶器に、潤はたまらず嬌声を放った。待ちわびていた塊に満たされて、全身がびりびりと痺れるほどだ。もしかして、軽くいったのかもしれない。白く灼けた視界に、潤はけだるげに瞬《まばた》きを繰り返した。

「んっ……くぅ…ん」

とろとろに蕩けた肉壁を押し広げて奥へと這いずってくる怒張は、たまらなく熱かった。

「っひ、や……奥は、ぃやっ」

潤の両足を抱えるように泰生が乗り上げてくる。そのまま泰生の腰が深く沈み秘所をきつく穿《うが》っていくのは、気持ちいいのを通り越して戦慄を覚えた。

「っ、っは……嘘ばっかり。こんなキュウキュウ締めつけて、何が嫌なんだよ」

「ぁ……あっ、っあ」

奥まで埋めた欲望をまた引きずり出して、さらに深くへ。最初から容赦のない動きに、潤は唇を震わせて身悶えた。ときに浅い部分にある弱点を掠める動きをされると、体は反射的に跳ねる。徐々にスピードを増していく律動に、皮ふの上を鳥肌が駆け抜けていった。

「で、何をおれに隠してる？　おまえの秘密は何だ？」

足を抱え直した泰生が、問いかけと同時に深く突き入れる。最奥まで熱塊が埋められ、潤は悲鳴を上げた。そのまま強く揺さぶられてかき回され、潤は苦しいほどの愉悦に淫らに泣きじゃくる。揺れる自分のつま先が何度も痙攣しているのをぼんやりした視界に捉えた。

「ほら、よがってないで答えろよ」

「っひ…ん、それ…は、だっ……泰生が…怒る」

「へぇ、マジに秘密か。潤のくせに生意気だ」

「いゃ……いやっ、ぅんっ、やぁあっ」

今度は奥にある弱い部分を鋭く抉られてしまい、潤は背中をたわませた。

快感が尾骨から背骨をのたうつように上がってくる。腰がびくびくと震え、内側から泰生の熱塊にしがみついてしまった。

「っ……おまえ、逆ハニートラップする気か」

「あ、ぁっ……抜く…の、ゃっ」

「だからっ、んな締めんなっ……てっ」

秘所にいっぱいに満ちていた剛直が抜けていくのが切なくて腰をひねるが、掠れた声とともに容赦なく引き抜かれた。直後にまた勢いよく突き入れられる。

「はぅ――……っ、っう、ん」

蕩けて蠕動《ぜんどう》さえ始めた秘所は泰生の怒張に絡みついていく。けれどそうはさせまいと、さらに強い力で押し入れられ、引きずり出される。その繰り返しがどんどん激しさを増していく。

「ほら、潤。言えよ、秘密をしゃべれ。おれだけに教えろ。大丈夫だ、他には内緒にするから」

泰生が口にするのは詐欺師や寝業師の常套句だろう。スパイも悪党の仲間なのか。

「な…ぃ……しょ?」

「あぁ、おれと潤だけの内緒ごとだ。怒ったりしないから言ってみろ」

見上げる視界には、艶っぽく微笑む泰生の顔――昼間のショーで見たストイックな諜報員の面影があって、腰の奥がきゅんと鳴いた。

「ん…、ぁうっ…言う、言うからっ…少し…んっ、緩めて」

「ダメだね。秘密を聞くのが先だ。で、潤が隠している秘密は何だ？」

「んんっ、その、チョコ…を……た、食べたんです」

「――――は？」

「だから、泰生が残してたチョコレート、全部食べてしまっ…て……」

激しかった律動がゆるゆるとスローダウンする。やがては止まり、泰生は潤の足を持ったまま、がっくりうなだれた。

「あの、ごめんなさい。昨年のクリスマス前です。美味しくて止まらなくなって……」

「いや――まぁ、そうだよな。潤がおれに持つ秘密ってそれぐらいか。いや、あまりにくだらなくて、じゃなくて可愛くて力が抜けた」

「はぁ」

今、くだらないと言わなかったか。

潤は体の上にいる泰生をつい強い目で見てしまった。それに、途中で放り出された快感が体の中でじりじりと潤を苛み続けているのもつらい。

「泰生……？」

けれど潤が声をかけたのは、泰生が小さく肩を揺らしていたからだ。次第に体全体を揺らし始めたが、弾けるような声を聞いて、ようやく泰生が笑っていることを知る。潤の足も放り出して泰生は笑いのために体をよじらせた。

「ダメだ。すっげぇおかしい。スパイも真っ青だよな、んなことを秘密扱いされたら。やっぱ人選ミスだ。いや、おまえじゃなくおれがだ。とんだ間抜けなスパイだ」

声を上げて笑う泰生だが、繋がっている部分を通して振動がダイレクトに伝わってくる。

「ん、んっ」

小刻みな震えは、地味に潤を苦しめた。腿が痙攣し、踵が切なくシーツを蹴る。

「ぁう……た、泰生」

「あぁ、途中だったな。悪い。チョコレートはミラノにも美味い店があるんだ。明日時間があったら買ってやろう。さて秘密も教えてもらったし、お礼に閨房術を堪能させてやるよ。たっぷり可愛がってやる」

「っふ、っん……ぁ」

楽しげな光を浮かべながら、泰生がまた動き始めた。動きは穏やかだったが、休憩を挟んでも衰えなかった逞しい熱塊でさらに鋭く貫かれていく。

「ぁあ…っぁ、は……ぅっ」

律動はすぐに先ほどのペースを取り戻した。

突き上げられる激しさから逃れようと、潤は頭上に手を伸ばした。が、そこに摑むものはなくて、あえなくシーツにすがりつく。蕩けた肉壁を擦り上げるように貫かれて、潤は大きく体をしならせた。浅い部分を抜き差しされ、ガクガクと腰を揺らす。

体の中に逆巻く圧倒的な愉悦に浮かされるように潤は首を振った。頭の中まで侵されたらどうなるか。怖くて、でもその時がとても待ち遠しい。

無意識に腰を揺らし、泰生の動きに連動していた。

「っは…おまえもすげぇエロい」

泰生が舌なめずりをしながら独りごち、潤の脚を抱え直してほぼ真上からの深い結合へ。最奥にガツガツと突き刺さる硬い切っ先から逃れるすべはなかった。

「っ……んんっ、んっ、ゃあぁっ」

「あぁ、香りが変わった。これは結構――…っ…ぅ」

頭の中を直接犯されているような深い愉悦に、潤は言葉にならない声を上げ続ける。泰生が言った言葉ももう聞こえなかった。

すぐそこにある快楽の階《きざはし》へ手を伸ばそうとする潤を、泰生の激しい律動が押し上げてくる。

「っひ、あぅ――――…」

「ぅ……っは」

泰生の手が肌に食い込んだとき、ひときわ重い穿ちを食らい潤の体は痙攣した。潤の欲望が

泰生の腹を濡らした瞬間、泰生の熱も内側で弾けたのを感じた。

「何だろうね、目の前の光景は。元気はつらつな泰生にけだるげな潤くん。見てると、すごく腹が立ってくるよ」

翌日は早朝からフィレンツェへ移動だった。ミラノからフィレンツェまではイタリア版新幹線フレッチャロッサで二時間もかからず到着する。

ビジネスクラスの革張りシートは、大柄な欧米人に合わせて作られているためか隣に座る泰生がちょうどいいぐらいで潤が座るとかなりゆったりしている。朝も早くて昨日の疲れもあった潤は、快適すぎるシートについぼんやりして皆の話を何度か聞き損ねてしまい、ボックスシートの向かいに座る八束からちくりと言われてしまった。

「すみません、八束さんっ」

今度こそ目を覚まして、潤は八束に頭を下げる。が、そんな潤に八束はにっこり笑いかけた。にっこりすぎるところが少々怖かったけれど。

「違う違う、潤くんのことをどーのこーの言ったんじゃないよ。むかついてるのは、そこでふんぞり返っている泰生に対してだからね」

八束に目線で指された泰生は、薄く笑い返す。

「羨《うらや》ましいなら羨ましいと正直に言えよ。八束はもって回った言い方をするのがいただけない。中身はおれとたいして変わらないくせに、優しいとか言われてるのを聞くと笑うよな」

「はぁ、泰生には困ったものだね、まだ社交性も身につけられない年齢なのかな？　むだに敵を作ってどうする。人生はうまく渡り歩かないとね」

「むかつく。そういうとこ、本当おれのオヤジに似てるよな」

嫌そうに顔をしかめる泰生に、ようやく八束がせいせいした顔を見せた。

「嬉しいね。幸謙《こうけん》さんはぼくの理想だ。経営者としてああいう男になりたいよ、ぼくは。幸謙さんと言えば、この前小耳に挟んだけれどニューヨークの老舗《しにせ》シューズメーカーが——」

つい今までヒヤヒヤするような言い合いをしていたのに、もうふたりは真面目な話を語り合っている。年齢は違うが本当に仲がいい。相性がいいのだろう。

潤はそんなふたりの関係が羨ましかった。

「ふわっ、もう着いたんすか～？」

喧噪の中でもひとり居眠りをしていた田島が、スピードを緩めた列車の振動でようやく目を覚ました。その図太さに、八束はふんと鼻を鳴らす。

「君はそのまま寝すごしてローマまで行けばよかったのに」

間もなく、列車はフィレンツェの街へと入っていった。

今回、潤がイタリアへ渡航した最大の目的はこのフィレンツェにあった。昨日の泰生のファッションショーは、実はおまけだったりする。

目的はふたつ。そのひとつが、今日から開催される『ピッティ・イマジネ・ウォモ』通称ピッティウォモにあった。

フィレンツェで年に二回開催されるピッティウォモは、来シーズンのメンズファッションの展示会である。世界中のメンズファッションブランドが新しいデザインを発表し、それをこれまた世界中から集まってくるバイヤーたちが買いつけに来るのだ。来シーズンの流行の発信源といったところらしい。

日本からも数多く参加していて、デザイナーになる前はスタイリストとして名を馳せていた八束を見つけて挨拶に来た人々は、デパートや有名セレクトショップのバイヤーたちだった。

潤たちの目的も買いつけ――バイイングだ。三月にオープンする八束のショップの演出を任されている泰生だが、それ以降も一年間は八束のブランド『Laplace《ラプラス》』のプロデュースを請け負うことが決まっていた。よって、ショップに置く商品の方向性をすりあわせる必要性があり、今回の八束たちのバイイングに同行したというわけだ。

泰生のアシスタントスタッフだがまだ見習いでしかない潤は、本来ならイタリアまでついていかなくてもよかった。が、今回のプロジェクトに関しては、出来る限り泰生について回る約束となっている。演出家・泰生の仕事とはどういうものか、流れも含めて把握するためだ。

実のところ今日の夜の便で日本に帰るというとんぼ返りに近いイタリア滞在である。短い滞在だが、中身は濃いものになりそうだった。

「来年もパンツは細身っすかね」

「んー、スーツのパンツは少し変化が出てきた気もするけど」

要塞《ようさい》跡地という堅牢《けんろう》な城壁が囲む会場広場には、建物の外にもブランドのブースが出ていて多くの人が行き来している。ファッションを生業《なりわい》とする人々が集まるせいか最新モードに身を包んだおしゃれな人が多く、言わばメンズファッションのトレンドをいち早く知る場所にもなっているという。それをチェックするのも来訪目的のひとつだと先ほどから田島が熱くなっていた。潤もつられたように道行く人を注意深く見つめる。

「うぉっ、あの人おしゃれっすね。スナップ撮られまくりっすよ」

田島がうなって見ているのは、フランネルのジャケットに目が覚めるようなスカイブルーのマフラーを巻いた壮年の男性だ。カメラマンの順番待ちが出来ていた。

「潤、しっかりサングラスしとけよ。スナップはピッティウォモの名物といっても過言じゃねえが、そのせいで勝手に撮ってwebにアップしたり雑誌に載せたりが横行《おうこう》してるからな。日本にいて知らなかったが実はアメリカで表紙を飾ってたなんてこともあり得るんだ」

先ほどから泰生にカメラを向けてくる人が多いと思っていたが、それは有名モデルというのに加えて、泰生のファッションに興味を持った人が写真を撮っていたらしい。

今日の泰生はタートルニットもパンツも暗いトーンでまとめていたが、ジャケットは南イタリアの海のように明るいネイビーだ。ワインカラーのマフラーも目立つ要因だろうか。

隣にいる自分も一緒にファインダーに入る可能性は高いから、泰生に言われる通り潤はもう一度サングラスをチェックした。

「今日の潤くんだっておしゃれじゃないっすか。撮ってもらった方がいいぐらいっすよ」

それまで周囲をきょろきょろしていた田島が、泰生のセリフを聞いて潤を振り返ってくる。言われた言葉に、潤は目をむいて首を振った。

「おしゃれじゃないですよ。ただのスーツですっ」

「でも、昨日着ていたスーツとは違うヤツっすよね？　しかも、今日はニットのジレなんか着込んでかっこいいっすよ」

「ベスト――いいえ、ジレはコートを着ないから寒いかなと思って着込んだだけで……」

褒《ほ》め倒されるのが恥ずかしくて潤が小声で真実を告げると、田島は「そういうナチュラルさもいいんすよ」と明るく笑う。

「せっかくピッティに来た記念に、おれと一緒にスナップを撮られるってどうっすか」

「何言ってんだ、田島。こんな可愛い潤くんのスナップが誰の目に触れるかわからない場所にさらされるなんて冒瀆だよ。ぼくが許さないね。出来ることならぼくのコートの中にしまって歩きたいくらいだ。いや、潤くんならポケットに入るかもしれない」

「入らねぇよ。こびとか、潤は」

八束の妄言に泰生がタイミングのいい突っ込みを入れる。そういう八束と田島はコートの下はふたりとも洒落たスーツ姿だ。バイイングが控えているためだろう。

「くだらないこと言ってないで、さっさと行くぜ。潤もこんなヤツらほっとけ」

泰生が呆れたように歩き出す。潤たちはその後を慌てて追いかけた。

演出を手がける泰生がショップに置く商品にチェックを入れる作業は、思った以上にアバウトだった。おそらく八束の感性と泰生が目指す演出の方向性にほとんど差異がないためだろう。

「いいね、それいい！　潤くんに似合いそうだと思ってたんだ。ツイードとのコンビ、シリーズで揃えてみようか」

「それ全部揃えるより、さっきのチャッカブーツを候補に入れろよ。あれ、ブリティッシュ風で端正な雰囲気が悪くない。置いたら、潤もはくだろ」

何で会話にしばしば自分の名が出てくるのか。

潤の神妙な顔があまりにおかしかったのか、田島が笑いをこらえるように教えてくれた。

「もともと先生のブランド『Laplace』は、潤くんがイメージモデルじゃないすか。忘れないでくださいよ。潤くんに着せたい服、潤くんを進化させる服。八束先生が服をデザインするときはそれを念頭においてやってるんすから。愛されてるっすよねぇ」

それを聞いて、潤はどんな顔をすればいいのかわからなかった。

「ユニセックスでエアリー感があって氷の結晶のようにひんやりしてて繊細で、でも基本はトラディショナル。ほら、うちのブランドの服まんまでしょ。あれ、潤くん顔真っ赤っすよー?」

「もういいです。ありがとうございます」

八束からは今でも何だかんだと言われるが、実際は本気で口説かれたことも迫られたこともない。泰生の恋人としての潤が好きだと言われたこともあったし、だからこそ八束の好意は潤も密かに嬉しいと思っていた。が、それでも自分を原動力に服をデザインするというのは、おこがましい気持ちの方が先に立つ。

「へぇ、面白いな。これ買いだ、買い。絶対置いとけ」

「そんなの買うかっ、単に面白がってるだけだろ」

泰生たちは商談半分、遊び半分といった雰囲気で展示ブースを回り、仕事という枠を超えてバイイングを楽しんでいるようだった。

バイイングを昼すぎに終わらせて街のピッツェリアでランチを済ませたあと、今回の渡航の第二の目的であるオーディション会場へと向かった。三月にショップをオープンさせるに際して、八束のブランドのイメージモデルを選出するためである。

最初は日本で探していたがイメージに合うモデルがおらず、海外で募集をかけることになったのだ。というのも、先ほど田島が言っていた通り八束の中では潤のイメージが強すぎるせいで日本人モデルはまず却下。外国人モデルにしても、すでに日本のメディアに出ているような手垢がついたモデルは八束が嫌がったという内情があった。実際八束は、やはり潤をイメージモデルに貸し出して欲しいと再三申し出たらしいが、泰生にその都度けんもほろろに断られたと会場へ向かうタクシーの中で恨めしく聞かされた次第だ。

そうして今回、海外のモデルエージェンシーに募集をかけると、なんと応募数が二百を越えた。ブランドの演出を手がけるのが泰生だからだろう。送られてきた履歴書代わりのコンポジットやポートフォリオブックと呼ばれるこれまで受けた仕事をまとめたパーソナル写真集を見て、なかなか大変だった審査を終えたのが昨年末。だから今日のオーディションの前段階で、相当数の応募者を振り落としている。もちろん、潤はそれを泰生の隣で見ていただけだが。

「チャオ、泰生、潤。潤は、初めてのミラノはどうだった？　すてきだったろ」

貸しスタジオのオーディション会場で潤たちの到着を待っていたのは、泰生が昨年末に立ち上げた事務所のスタッフ、レンツォ・ジン・バローネだ。

イタリアと日本のハーフで現在二十七歳。癖のある黒髪に彫りの深い甘い顔立ちは女性によくモテる。元は日本の有名広告代理店に勤めていたらしいが、個人プレーを好むために早々に辞めたという経歴の持ち主だ。活動的かつ社交的な性格を生かして遊撃隊として活躍しているが、ITにも強いという変わり種で、泰生とはもともと友人だったらしく仲もいい。

今回は故郷イタリアでの仕事ということで、クリスマス休暇もかねて先にフィレンツェ入りして雑務を一手に引き受けてくれていた。

「お久しぶりです、バローネさん。ミラノは本当にすてきな街でした」

「ノ・ノ・ノ！　潤もいい加減にレンツォと呼んでくれよ。ぼくたちはもう友だちだろ？　バローネなんて他人行儀だ。さ、呼んでみて。レンツォだよ、レンツォ！　もちろん名前のあとに『さん』なんかつけないで」

「あ、う……レ、レンツォ」

「ワァオ、これでぼくと潤は大親友だ！」

イタリアの血が濃い開けっぴろげでフランクなレンツォに最初潤もまごついたが、今ではその明るさに引っ張られるように笑顔で挨拶を返せるようになっていた。ただ、押しの強い人懐っこさにはまだまだ慣れないけれど。

「時間も押してる。さっそくオーディションを始めようぜ」

目を白黒させる潤に苦笑しながら、泰生がソファに座る。八束と田島も腰かけるが、潤は用意されていたソファを端に寄せて泰生の後ろに立った。スタジオには、他にイタリアで手配した撮影スタッフも待機している。

レンツォがモデル候補者たちを案内してきた。

最終候補に残ったモデルは総勢五名。

八束のブランドイメージに合わせて十六歳前後のモデルたちが集まっているが、ひとり十四歳の少年もいるらしい。もっとも外国人は総じて大人びているせいで、悲しいかな入ってくる候補者たちは皆自分より年上に見える。それでも、審査員として座るトップモデルの泰生を見て、喜びと感動に頬を紅潮させるモデルたちにようやく等身大の顔が見えた気がして、潤もちょっとだけ余裕が出た。

最後に入ってきたモデルはこれまでの中で一番身長が低かった。とはいっても、百七十センチは優に越えているだろう。ナチュラルにカールした白っぽい金髪に幼い顔立ちが甘さに感じるような美少年ぶりは他とは一線を画していた。クールな緑眼や端整な顔に浮かぶ無表情など、思春期特有の硬質な少年っぽさを強く印象づける。

すごく存在感あるなぁ……。

入ってきた瞬間、目を奪われた。まさに磁力を持つ人間だ。

容姿が整っているのは居並ぶモデル全員にいえることだが、身に纏うオーラにはずいぶん差がある気がした。顔を覚えきれないとか印象に残らないとか、自分も含めてそういう人間はオーラが弱いといえるのではないか。

だからこそ、潤は正反対の泰生に惹かれてならない。

存在感という意味では、これまで泰生ほど強いオーラを持つ人間に会ったことはなかった。魅せるという職業に就いているせいもあるだろうが、泰生はきっと生まれたときから人を魅了し続けてきたはずだ。

最後の候補者はさすがに泰生とまではいかないが、それでもずいぶん印象的なオーラの持ち主だった。事前にチェックしていたレジュメで、確かユアンという名のモデルだと推測する。彼が今回の候補者の中で最年少の十四歳、イギリス出身だ。

ユアンも泰生に目をとめて高揚したように瞠目《どうもく》した、が。

「え……」

潤が声をもらしたのは、視線を上げたユアンが潤の顔を見て驚いたように表情を変えたからだ。すぐに押し隠したが、まるで信じられないものを見たとばかりにクールな眼差しが一瞬熱を持った。

劇的とも思えるユアンの変化を見たのは潤だけだったのか、オーディションは滞りなく進んでいく。しかしその間も、ユアンの意識はたまに潤へと飛んできた。しかも、入ってきたときは無表情だったユアンだが、今その顔にはっきりと興味深げな色が浮かんでいる。

ユアンの態度が不思議でならなかったが、それでも仕事中だと潤は意識を切り変えた。

簡単な質疑応答を終えると、テストシューティングが行われる。今回のために準備した八束の服を着てのテスト撮影だ。服は二パターン用意されており、贅沢にも八束自身がスタイリストにつく。ポージングを繰り返すモデルたちをカメラマンが次々にファインダーに収めていくが、その間、泰生は一切口を挟まなかった。

冷静な表情でオーディションを見つめる泰生に、潤は彼が何を見ているのか知りたいと強く思った。数をこなせば、見るべきところもわかってくるだろうか。

最後、潤が密かにマークしていたユアンの番になる。気のせいか八束の手にも熱が入っているようで、スタイリングにかける時間も他より長かったように思えた。

カメラの前に立つと、ユアンの表情が一変する。クールな表情はフェイクだったかと思うほど表情豊かに変化し、カメラマンの指示がなくても自分が一番魅力的に見えるポージングを繰り出していく。他のモデルはやらなかった躍動的なポーズさえばっちり決まっていた。

モデルとしての感性も備わっているのかも。

いつしか潤はオーディションで審査をする側に立っているというのも忘れて、ユアンのワンマンステージに見とれてしまっていた。終了してから、深く反省する。

しかし、潤が夢中で見てしまったのもそうおかしなことではなかったようだ。

「話し合うも何もないんじゃね？　ユアンだろ」

モデルたちを控え室に帰したあと、泰生が開口一番にそう言ったからだ。八束はそれでも撮影された画像をひと通り見てから、やはり大きく頷いた。

「うん、彼がベストだね。少年っぽい感じが一番出ててぼくのイメージに合ってるし、透明な雰囲気が潤くんに似てたところも好印象かな」

「これから来ますよ！　絶対いいっす、ユアンはっ」

皆の会話を聞くと、自分の目も案外捨てたものではないのではと嬉しくなる。いや、それだけユアンがモデルとして飛び抜けていたのかもしれない。

ブランドの広報戦略の方面はいまひとつ進行が遅れがちのため、イメージモデルの候補は今日中に決めるのがベストだ。カタログやポスター、PV《プロモーション・ビデオ》などの宣材に伴う撮影スケジュールも決まっている。そういう意味でも迷うことなくユアンを選べたのはラッキーだ。

「んじゃ、ユアンを呼んでくるよ。他は帰すけど、いいね？」

レンツォがそう言って出ていき、戻ってきたときにはユアンとユアンの専属マネージャーの女性を連れていた。まだ十四歳なのにもう専属のマネージャーがついているのも、ユアンの将来性が高いからかと潤は推測する。

本番の撮影は日本で行われるため、来日を約束してユアンは帰っていった。最後までどこかこちらを気にするそぶりだったのが潤は気がかりでならない。

日本で撮影が行われるときは、何か話せるだろうか。

質問に答える以外は今日はほとんど口を開かなかったユアンだ。日本では打ち合わせやら撮影やらで接する機会も増えるだろうし、何かしら機会があるかもしれない。

そんなことを考えていると、隣で「うわっ」と声が上がる。田島のものだ。

「潤くん、そろそろ時間やばいっすよ。もう出なきゃっ」

言われて、列車の時間を思い出した。

泰生のアシスタントスタッフの仕事はここまで。潤はこの後またミラノまで列車で戻り、夜便の飛行機で日本へ帰ることになっていた。田島も仕事の関係上帰らなければいけないらしく、一緒に帰国出来るのは心強い。

今夜ピッティウォモ関連の大事なパーティーに出席しなければいけない泰生はフィレンツェ泊まり。その後もミラノやパリでコレクションショーの仕事が続くので、日本への帰国はずいぶん先になる。そして八束もこのフィレンツェ、ピッティウォモでまだ商談が残っており、イタリアまで来たついでにイギリスやフランスも回る予定になっているらしい。

「駅まで送ってやる。来い――」

八束とレンツォに挨拶をして、潤は泰生に連れられて田島と一緒に慌ただしくタクシーに乗り込んだ。今回はほとんど歩くことが叶わなかったフィレンツェの古い街並みを車窓から望みながら駅まで急ぐ。ミラノ行きの列車が出るフィレンツェ・サンタ・マリア・ノヴェッラ駅は、イタリアルネサンス発祥の都市フィレンツェには少し不似合いなほど現代風な建物だ。

田島に急かされるままにホームへ駆け込むが、列車は来ていなくてほっとした。

「当たり前だろ、まだ時間じゃないんだから。田島は慌てすぎなんだよ。列車は遅く出ることはあっても、早く出発することは絶対ないんだぜ」

一緒に走らされた泰生はことさら声を上げる。

「あれ、泰生も一緒にホームに入って大丈夫ですか」

そういえば入場券も買わずにホームまでついて来てもらった。潤は青くなるが、泰生は問題ないと答える。イタリアではホームへ入るのに入場券はいらないらしい。

「まだ時間があるなら、おれ、ちょっとキオスクに行ってくるっす」

田島が駆け出していったのを慌ただしいと見送りながらも、彼の明るさを泰生も嫌いではないようだ。「言葉遣いをどうにかしろ」と口うるさく言うけれど。

「スリと置き引きには注意しろよ。あと、カッターでバッグを裂いて盗みをする輩もいるから気を付けること。何かあったら携帯に電話しろ。携帯、忘れずに持ってるか？」

矢継ぎ早の言葉に潤は何度も頷き、最後にスーツの胸ポケットからスマートフォンを取り出して見せる。が、それでも泰生の表情は緩まなかった。

「あー、本当に田島で大丈夫かね。イタリア語が出来るっていうから安心してたけど、聞いてみりゃ片言じゃねぇか。やっぱり誰かエージェントを雇えばよかったぜ」

「ここから日本に帰るぐらいでそんな人を雇うなんてオーバーですよ。大丈夫ですから」

そうは言ったものの、潤の胸も実は何となく重い。

言葉の通じないイタリアの地で、これから列車でミラノまで戻って空港へ行き、手続きをして飛行機に乗る。言われるままについていけば大丈夫だった行きとはだいぶ違うはずだ。飛行機をまた乗り継いで帰らなければならないのも気がふさぐ原因かもしれない。

何より、泰生が待つミラノへ向けての旅程は期待に満ちあふれていたが、今度はまったくの正反対だ。列車に乗ることも飛行機に乗ることも、泰生から離れていくことになるのだから。

この二日間、泰生と親密にすごしすぎただけに離れるのはたまらなく寂しかった。

ここで別れたら、今度泰生と会えるのはいつだろう。

心の中で泰生のスケジュールを指折り数える。

「ふ……」

切なさに思わずもれたため息を唇の先で噛みつぶして、潤はそっと上向いた。

コンクリートの屋根と柱だけの殺風景なプラットホームで、列車を待つのは顔立ちもさまざまな外国人ばかり。聞こえてくるアナウンスや話し声は耳慣れない異国の言葉だ。そんな風景に、旅愁《りょしゅう》にも似たもの悲しさまで押し寄せてくる。

夕焼けの空から吹き下ろす風は冷たく、寒さを理由にひっそり泰生に身を寄せてしまった。

「どうした?」

泰生がごく自然なしぐさで潤の肩へ手を回すと、抱き込むように胸に囲ってくれる。

体温を感じて、なぜ切ない気持ちは逆に増してしまうのか。

「ダメです、泰生。人も……いるのに」

そう言いながらも、潤も泰生にしがみついてしまった。

「気にするヤツはいねぇよ。いても、おれが追い払ってやる」

「……うん。泰生が日本に帰ってくるのは二週間以上先ですね」

「そうだな」

「長い、ですね」

「そうだな」

泰生の腕の力がいっそう強まった。潤も泰生の胸に額を押しつける。

列車がホームへ入ってくる音が背後で聞こえて、ぐぅっと胸の奥から苦しさにも似た激情がせり上がってきた。指が震えて、潤はますます泰生にすがりついてしまった。

「あのぅ、大変言いにくいんっすけど。そろそろ時間なんですが……」

おそるおそる声をかけてきたのは、いつの間にか戻ってきていた田島だ。のろのろと潤は顔を上げたが、泰生の腕は緩まない。それどころか乱暴に言い放った。

「田島、しばらく列車を止めとけ」

「えぇ～っ」

田島の悲愴な声に、潤はつい笑みがこぼれてしまった。

「泰生、ありがとうございます。元気が出ました」

潤が言うと、ようやく腕がほどける。見えた泰生の顔は、潤と同じく寂しがっているような表情をしていて、切なさと同時にほんの少し嬉しくなった。

「ひと足早く日本へ帰って、泰生の帰りを待っていますね」

だから、しっかりと声を上げることが出来た。


「大山《おおやま》くん、ノートを返すね。ありがとう」

イタリア行きで、大学を休んでいたのは二日間。

さいわいにも講義が少ない曜日だったため、それほど問題はなさそうだった。休んだ授業の分も、大山から借りたノートでカバー出来そうだ。

「いや。こっちこそ、イタリア帰りにわざわざうちまで土産を届けに来てくれて、サンキュな」

「ううん。ノートを借りるためだったし、お土産だってほんのちょっとだったから、礼を言われると恥ずかしいよ」

「そんなことないぜ。弟や妹たちにまで土産をもらってさ。妹なんか、バラの砂糖漬けとかお姫さまが食べるものだって、すごく喜んでたぜ。昨夜は箱ごと抱いて寝たくらいだ。橋本のこと、王子さまだっていつも言ってる。今度はいつ会えるかって楽しみにしててさ」

「王子さまって、そんな……」

大山の言葉に、潤は眉を下げた。

大山には年の離れた弟妹がおり、母子家庭ということもあって自分が父親代わりとなりずいぶん可愛がっている。潤も何度か大山の家に遊びに行って弟妹たちに会ったことがあるが、おとなしくて優等生な弟とおしゃまで元気のいい妹は潤から見ても愛らしかった。

今回思い立って大山の弟妹にもちょっとしたイタリア土産を渡したのだが、どうやら喜んでくれたようだ。

「弟もさ、がさつなおれと違うって橋本のことはずいぶん慕ってるみたいだし」

「そんな……。でも、慕ってくれるとやっぱり嬉しいな」

自分には弟妹はいないし、親戚には年下もいたけれど親しくすることもなかったため、これまで可愛がったり面倒をみたりという行為をしたことがない。可愛い弟妹がいる大山を常々羨ましく思っていたが、今回少し真似ごとが出来て潤の方こそ楽しかった。

「へぇ、大山くんって弟がいるんだ！」

カレーが乗ったトレーを持って潤たちの前に座ったのは大泉《おおいずみ》だ。一緒にいる井上《いのうえ》と中之島《なかのしま》も含めて、潤たちが大学で一番よく話をする女子グループである。

「勝手に話に入ってくるなよ」

「ごめん、つい聞こえちゃったから」

大山がつっけんどんに言っても、大泉は茶目っ気たっぷりに両手を合わせてみせるだけだ。

大山が口ほど付き合いにくい人間でないことを知っているからだろう。

「それよりさ、春休みにスノボ行かない？　井上ちゃんの親戚に、長野《ながの》でペンションをやってる人がいるんだって。二月中旬の平日だったら空いてるっていうし、安くしてくれるみたいだから一緒に行こうよ！」

これが本題というように、大泉は身を乗り出してくる。隣で井上と中之島も期待する顔で潤たちを見ているが、大山も潤も返事はひとつだ。

「悪い。バイトが忙しいから無理だ」

「ごめん、おれもちょっとダメかな。バイトがあるから」

その返事に向かいに座る三人は不満げに声を上げた。

「二泊ぐらいもダメ？　だったら一泊だけでもいいから」

「長野へスノボしに一泊って、それ無理だろ。疲れに行くようなもんだって」

「年寄りっぽい発言しないでよ。私たちは若いんだよ！」

賑やかに盛り上がるテーブルに、潤は目を細めた。

日常に帰ってきたなって感じ……。

泰生がいないマンションの部屋は寂しいが、それでもこうして騒げる仲間がいてくれると気持ちもそれほど落ち込まずにすむ。

「何々、何の話？」

「三島《みしま》くんっ、いいところに。二月中旬にスノボ行かない？　長野なんだ」

「うーん、嫁がなんて言うかな。火曜日の嫁に水曜日の嫁。土曜日は三人もいて大変なんだ」

「それ、深夜枠の美少女アニメのことでしょ!?」

また新たな話題で盛り上がり始める仲間たちに潤は笑みがもれた。

泰生が帰ってくるまでもうちょっと、また頑張れそうだ。


「羽田《はねだ》空港が天候不良でね、飛行機が遅れたんだって。そのせいか知らないけど、空港周辺の渋滞もすごいらしいんだ。もしかしたら泰生の方が早く着くかもしれないな。はい、これとこれね。あっちで着替えてくれる？」

渡される服を勢いで受け取って、潤は困惑して八束を見上げる。

「羽田？　ユアンくんは羽田空港に着いたんですか？」

「昨日まで香港《ホンコン》で仕事だったらしい。カメラテストは早めに済ませたいから、よろしくね」

「……はい」

言われるままにパーティションで仕切られたスペースで、シャツのボタンに手をかける。

なぜこんなことになっているのか。

イタリアから帰国してしばらく――八束のブランド『Laplace』のイメージモデルに決まったユアンが来日する日を迎えた。偶然にも泰生がパリから帰国するのも今日で、時間的にもちょうどいいため、夕方から皆で打ち合わせをすることになっている。

潤もそのために八束の事務所兼アトリエを訪れていた。しかし、肝心のユアンの到着が遅れているらしい。済ませるはずだったカメラテストが出来なくて困っているという八束に頼まれて、潤が一時的にユアンの代わりを務めることになったのだが。

「うんうん、やっぱりいいね。でも靴はこっちにはき替えようか。襟は無造作に立てた方が可愛いかな。こっちだけちょっと……うん、こんな感じ」

シャツの上に大きめの春物セーターを着てクロップドパンツをはいた潤の周りを、八束が嬉しそうにくるくる回る。スタッフに撮影させては少しずつスタイリングを変えて、終わったらまた次の衣装を渡されて、着替えて――。

「何やってんだ、潤」

バルーンタイプのコートを着て言われるままにぎこちなくポーズを取っていると、カメラの向こうから呆れたような声がかけられた。目を凝《こ》らすと、強い照明の向こうに泰生の姿を見つけて喜びがわく。

「泰生っ、お帰りなさい」

カメラのファインダーが外れたのもあって、潤は駆け寄るように泰生に近付く。が、泰生は八束をきつく見据えていた。

「で、これはどういうことだ？　八束」

「えぇ？　ただのカメラテストだよ。ユアンの到着が遅れていてね、潤くんに頼んだんだ。あ、潤くん、最後にもうひとパターンいこうか」

「やーつーかーっ」

新しい衣装を渡そうとした八束の肩を、怖い顔をした泰生が摑む。

「痛い痛いって！　力強すぎっ」

「何も知らない潤を丸め込んで、何やらかしてんだ」

「だって、絶対潤くんに似合うと思ったんだ。ぼくの自信作なんだよ！　見て、バルーンコートの見事なふんわり具合。このカーブがうまく出なくてさ、何度もパタンナーさんと——…」

「知るか。潤、来い」

「あああぁ～」

八束がこの世の終わりのような悲鳴を上げるのを横目に、泰生によってパーティションの向こうへと連れていかれた。

「潤も、何遊ばれてんだ」

「あの、本当はカメラテストじゃなかったんですか？」

コートを脱がされて、シャツのボタンも外されていく。

「こんだけ潤にジャストサイズの服だぜ。八束だからこそ疑えよ」

言われて、袖も着丈も潤にちょうどいいサイズであることにようやく気付いた。ユアンより身長が低いのに、服は自分にジャストサイズというのは確かにおかしい。

「まぁ、いい。外部に出すような真似はしないとわかってるし、今回は注意だけで済ませとく」

「はい、おれも気付かなくてごめんなさい。でもあのっ……あとは自分でしますから」

パンツのベルトにまで手をかけられて、さすがに恥ずかしくなる。泰生の手を止めると、目の前の恋人は心外そうに片眉を上げた。

「何だよ、おれに着替えさせられるのは嫌だって？　反抗期か？　パパは悲しいぜ」

潤がふくれっ面をする前に、自分で言ったあと泰生が大きく噴き出す。壁にもたれて肩を揺らし始めた。大笑いする前兆だ。すぐに、ほがらかな笑い声が上がる。

「パパって何だよ、自分で言って受けた。くくく、そんなに目ぇ尖らせんな」

「だったら、大笑いをやめてください！」

「んだよ、潤はおかしくなかったか？　ノリが悪ぃなぁ。潤もほら、笑えよ」

脇をくすぐってこようとする泰生に、潤は声を上げて逃れようとする。

「ねぇ――ぼくのアトリエで何いちゃついてんの」

そこに、地獄の底から響いてきたような低い声がかけられた。パーティションの向こうからだ。八束の声だったが、潤は思わず首を竦めてしまった。

「泰生は仕事！　ユアンが来る前に少し話をつめるよ」

「わーったよ。んじゃな、潤――」

機嫌の悪い八束に返事を返すと、泰生はひょいっと身をかがめて潤の唇に掠めるようなキスをした。声を上げる間もなく、泰生はさっさと歩き去っていく。

「もう、本当に……」

泰生がいるだけで潤の心はこんなにも大きく乱れる。悔しいのに、胸はほっこり温かかった。キスの名残を追うように唇にそっと触れて、ため息をひとつ。気持ちを落ち着けて、潤はハイピッチで着替えを済ませて泰生の元へ向かった。

「すみません。お待たせいたしました！　ユアンくんが到着しました」

ちょうどそのタイミングでドアが開く。見ると、ユアンを案内してきた女性――黒木《くろき》さとみがハイヒールの音も軽やかに入ってきたところだった。

顎のラインで揃えたストレートの黒髪が美しい黒木は、泰生の事務所の二人目のスタッフだ。いつもキリッとしたスーツに高いハイヒールがトレードマークの二十六歳の才女で、以前イタリア車メーカーに勤めていたときに泰生と仕事をしたらしく、泰生が事務所を立ち上げると聞いて、即刻会社を辞めて押しかけてきた行動派である。もともと黒木の仕事ぶりを見知っていた泰生は、色気を出さないキャリアウーマンぶりが気に入ったと一発採用となった。

その黒木が押さえたドアから、ユアンとマネージャーの女性が室内に入ってくる。

「飛行機が遅れて、遅くなりました。今日はよろしくお願いします」

それほど大きな声ではないがよく通るテノールだった。聞き取りやすい英語は、クイーンズイングリッシュを話してくれているせいか。

泰生や八束と挨拶を交わしているユアンはここまでのトラブル続きで少し疲れているのか、どこか表情が硬いようだった。考えてみればまだ十四歳だ。モデルの仕事で世界中を飛び回る泰生を見ているだけに、同じことを中学生の身で行うのは疲れもたまるだろう。

あれ、イギリスにも中学ってあるんだっけ……？

そう思いながら、泰生に席を外す許可をもらう。

「すみません、おれが飲みものを準備してもいいですか？」

これから行われるフィッティングのために衣装の準備に駆け回る田島を捕まえて訊ねると、逆にお願いされてしまった。何か行き違いが生じて衣装の手配が済んでいないらしい。

泰生のスタッフとしてもう何度も八束のアトリエを訪れているため、勝手はわかっている。休憩スペースで人数分のドリンクを用意すると、テーブルへと運んだ。

「コーヒーと紅茶、どちらにしますか？」

打ち合わせに入っている場の邪魔にならないようユアンにそっと英語で訊ねると、彼は驚いたように顔を上げて潤を凝視する。不可思議な反応に潤は戸惑ったが、ユアンはすぐに表情を消すと小さく礼を言って紅茶のカップに手を伸ばした。

潤は残ったコーヒーを手に泰生の隣に座る。

日本語で行われている打ち合わせだが、ユアンやマネージャーにとって必要な箇所は彼らの背後に座る黒木が通訳を果たしていた。

本番の撮影は四日後。当日撮影に立ち会うのはデザイナーの八束に演出家の泰生、モデルのユアンにカメラマンやヘアメイク、他に各々スタッフたちも数人いて、なかなか大所帯だ。

まずは八束が、今回立ち上げたブランド『Laplace』を改めて紹介するところから始まった。バトンは泰生へと回され、どういったコンセプトで撮影を行うのか、簡単な撮影の流れや今回の撮影によって作成されるカタログ等の宣伝材料を発表し説明する。ユアンには三月のショップオープン時にもう一度来日してもらうことを確認し、打ち合わせは終了した。

すぐにフィッティングに入る。本番の撮影時に着る衣装の確認だ。

八束の服を着てヘアメイクを施し、八束の手でスタイリング。その後テスト撮影だ。撮影された写真を八束と泰生がその場でチェックして、また新しい衣装に着替える。その繰り返しだったが、ユアンは嫌な顔も見せずに淡々とこなしていった。

ようやく納得のいく衣装が決まったのはすっかり夜になってからだ。

撤収していくカメラマンたちを見送り、八束のアトリエスタッフたちと一緒に衣装を片付けていると、すぐ隣に誰かが立ったのに気付いた。

「君はスタッフだったんだね」

英語で話しかけてきたのはユアンだ。

タートルニットに仕立てのいいツイードのジャケットを着て、真っ直ぐに背を伸ばす姿はまさに良家の御曹司そのものだ。ユアンのプライベートは秘されているが、話す言葉もクイーンズイングリッシュだし、もしかしたらイギリスではいい地位にある家の出かもしれない。

「申し遅れました。泰生のアシスタントスタッフで、橋本《はしもと》潤と言います。よろしくお願いいたします」

先ほどの顔合わせの際、スタッフまでは自己紹介することはなかったため、潤はここで挨拶が出来てよかったと思った。泰生のアシスタントとして接する機会もあるはずだ。

「ふぅん、フィレンツェにも来てたよね。てっきり見学者と思ってたけど。見た目も子供同然だし、演出家タイセイの縁故かって。ぼくと同じくらい？　それでスタッフなんだ？」

ユアンに鋭く突っ込まれると顔が熱くなる。が、動揺する心を何とか落ち着けて口を開いた。

「一応、大学生です。それに、スタッフといっても実はまだアシスタントの見習いなんです」

イタリア・フィレンツェでのオーディションの際にユアンがおかしな反応を見せたのは、潤の見た目のせいだったのかもしれない。自分と同じぐらいに見える子供がどうして審査員側にいるのかと不審に思ったのか。

「大学生？　へぇ、日本人は本当に若く見えるね。ねぇ！　だったら日本にいる間はあなたにお世話を頼みたいな。年も近いし、いいでしょう？」

「ユアンくん、あの……ですが」

「ただのユアンでいいよ。ぼくもジュンと呼ぶし。それにもっと砕けてほしいな」

潤よりほんの少し高い位置から見下ろしてくる緑眼は、泰生に見せてもらった宝石のカタログにあったペリドットという石によく似ていた。

欧米人は目を合わせて話すのが一般的だが、ユアンは特に人の目を覗き込むような強さで話しかけてくる。まるで潤の心の奥まで見てみたいとばかりに。目力が強いのだろう。

人と視線を合わせるのが苦手な潤はかなり苦しかったが、何とか視線を逸らす回数を減らそうと努力する。成功しているかは疑問だったが。

「では、ユアンでいい？　申し訳ないけど、おれはまだアシスタント見習いだから直接仕事に関わることは出来ないんだ。だから、そういうことも出来ない。ごめんなさい」

「何だ、つまんないの。だったら遊び相手でいいよ。日本には今回初めて来たんだ。知らないことばっかりだし言葉も全然通じないし、ジュンがどこか案内してよ。ジュンが気に入ったんだ、すごくキュートだしね」

言いながら、ユアンが顔を近付けてきた。さらりと間近で金髪が揺れるのを見て、潤は思わず半歩下がってしまう。過剰に反応した潤に、ユアンはいたずらっぽく笑った。

「ふふ。ジュン、『カワイイ！』」

最近では日本語の『カワイイ』は世界共通語なんだと友人の三島が力説していたが、その通りだったらしい。ユアンの口からたどたどしく言われた日本語は思わず潤の胸を打った。いろんな意味で、だ。

十四歳の子から見て、おれは『カワイイ』んだ……。

初見のクールぶりはどこにいったのか。にこにこと潤を見下ろすユアンは、その美少年ぶりも相まってとても魅力的だ。潤はたじたじとなるが、すぐ近くで仕事をしていた女性スタッフも顔を赤らめてユアンに見とれている。

そんな潤たちの様子を見ていたように遠くから声が飛んできた。

「こら、潤。浮気してんじゃねぇぞ」

笑い混じりであったが、まさかのジャストタイミングに潤はどきりとした。

何も悪いことはしてない。していないのに、何か変に心臓が跳ねてしまった。

「うわ、すごい牽制《けんせい》」

ユアンの声に、そういえば今の泰生の言葉は英語で言われたことに気付いた。同時に『牽制』という言葉を使ったユアンに、潤は顔を上げる。

まるで自分と泰生が付き合っていることを知っているような口ぶりだ。

そう考えた潤を、ユアンは思わぬクールな目で見下ろしてくる。

「驚いたな。やっぱりふたりが付き合ってるって本当なんだ」

「え……」

言葉の意味が一瞬わからず聞き返そうと思ったとき、ユアンはもう踵《きびす》を返していた。どうやら引き上げる時間らしい。

今のはいったい何だったんだろう。

マネージャーと一緒に出ていくユアンの背中を、潤は眉を寄せて見送った。

泰生の事務所は、大通りからひとつ入った通りにある。昨年末に新設されたビルで、階下には雰囲気のいいカフェやレストランの他、地方家具のアンテナショップやアパレル系の店舗が幾つか。どの店もオープン当初から話題を呼び、連日多くの人が押しかけているようだ。

行列が出来ているイタリアンレストランの前を通りすぎ、エレベーターで三階まで上がると、泰生が昨年十二月にオープンさせた事務所『t《ティ》．a《ア》l《レ》es《ス》』がある。

事務所の名前である『t．ales』の『t』は泰生の頭文字。『ales』はラテン語で羽ばたくものを意味するらしい。嫌々ながら教えてくれたときの泰生の微妙に恥ずかしそうな顔を、潤はきっと一生忘れられないだろう。

「お疲れさまでした、ボス」

「遅かったねー。泰生、潤」

洒落た金属製のドアの横にあるセンサーにセキュリティカードをかざして中に入る。と、すぐに黒木とレンツォが出迎えてくれた。泰生をボスと呼んだのは黒木だ。先ほど八束のアトリエからユアンの送迎へ回ってくれた黒木の方が先に事務所に戻っているのは、潤たちが途中夕食を取るために寄り道をしたからだ。

昼間は暖かな日差しが差し込む中庭に面した大きな窓が印象的な室内には、作業台の他に洒落たカウンターがあるだけで、一般的な事務所で大抵見かける仕事用デスクはない。『仕事は好きなところでやる』がこの事務所の方針だ。各自ロッカーから荷物を出して思い思いの場所でパソコンを開く。現在黒木は作業台に資料を並べて仕事をしているけれど、レンツォなどは大きなソファで寝そべるようにしてパソコンを操作していた。

「レンツォ、アートデザイナーの伊藤《いとう》からデザイン案が届いてないかチェックしてくれ。あと、過去一年間の『ガレス・ヨーロッパ』のピックアップを——あぁ、黒木がやってくれるか？じゃ、マルキ・アルノーの特集が組まれてるのをアメリカ版からも探せるか。たぶん、先々月ぐらいに載っていたはずだから。潤はこれを一部コピーして持ってこい」

ずいぶん久しぶりに事務所に顔を出した泰生は、たまっていた仕事をこなすべく精力的に動き出す。基本的にあまりデスクワークは得意ではないという泰生だが、それでもするべきことはパーフェクトにこなすのがすごいところだ。

渡された書類をコピーして、一緒にレンツォからもらったデザイン案のプリントアウトを持ち、室内の端にある階段を上る。実質ビルの四階にあたる泰生の部屋——通称ボス室へは顔認証の登録がしてある者しか入れない。今のところ、潤と泰生のみだ。

泰生は王さまが座るような大きなソファに腰かけて、留守の間に届いた郵便物に目を通していた。長い足を持てあまし気味に組んで真剣な表情で書類を見る姿は、デキる実業家のようで知的な雰囲気がかっこいい。密かに見とれてしまったが、動きを止めた潤を気配で察したのか泰生が無言で手を差し出してきたので我に返った。

「伊藤さんのデザイン案、来てたそうです。あと、机にコピーしたものを置いておきます」

「ん。サンキュ」

今の潤の身分はアルバイトだ。泰生が演出の仕事に関わるときだけ現場までついていって見学するが、それ以外は週に数回事務所へ出て、日々届く資料整理が潤の主な仕事だった。

泰生が仕事をする間、自分もやりかけの資料整理をしようと三階へ降りる。

と、そのタイミングで目の前の電話が突然鳴り出した。

先ほどまでいた黒木は席を外しているらしく、ソファにいるレンツォも何かに没頭しているのか電話が鳴っているのに反応もしない。相手を待たせるわけにはいかないと意を決して潤は受話器を取るが、受話口から流れてきたのはしかしイタリア語だった。

「あ、う、えっと……。Un momento《ウン モメント》!」

一気に頭が真っ白になる。ビジネス的には間違っているかもしれないが何とか『少々お待ちください』に通ずる言葉をひねり出し、いつの間に戻ってきていたのか目の前できつく見据えている黒木に受話器を渡した。潤が何か言う前に、黒木は流ちょうなイタリア語で話し出す。

また失敗した……。

潤は胸がひんやり冷たくなる思いで、黒木の電話が終わるのを待つ。

「橋本くん。なんでまともに電話も取れないの？　だったら最初からやらないで」

電話を終わらせるとすぐにとげとげしい声で叱咤《しった》された。

「すみませんでしたっ」

「その『すみません』って言葉、もう聞き飽きたわよ。なぜ出来もしないのに勝手に手を出すの？　失敗して迷惑するのはこっちなのよ。学生気分で仕事をしてもらっては困るの。あなたがボスの恋人でも私はどうでもいいけれど、遊びに来ているつもりなら断固として立ち入りを拒否するわ。よけいなことはしないで、資料整理に専念してちょうだい」

「本当にすみま――あ、いえ。イタリア語もちゃんと勉強します」

「私が言っているのはそういうことじゃないでしょう！」

「すみませんっ」

潤は何度も頭を下げるが、黒木は腕組みをして潤を睨みつけたままだ。

「資料整理といえば。『ガレス・アメリカ』の先月分がないんだけど、橋本くん、いったいどこに整理してるの？」

「それだったら、まだ整理が終わってないのでこっちの棚にまとめて」

世界的に有名なモード雑誌のアメリカ版は、泰生もよく見るために別にしておいたのだ。それを取って渡そうとするが、受け取ってくれない。あからさまな拒絶に、潤は硬直して黒木を見た。黒木は組んだ腕の指先を神経質に動かして、呆れたようにため息をつく。

「あのねぇ、自分にしかわからない資料整理なんて整理したって言わないの。この雑誌に限らず、他の資料についてもそうよ。昨日も、時計の資料を探してたのに見つけづらくて苦労したわ。ただ資料を棚に並べるだけなら誰だって出来るでしょう。どこに何があるか自分ひとりだけがわかっていても、本来使う人間が簡単に探し出せないのなら何の役にも立たないの！」

ぐうの音も出なかった。自分ではよかれと思ってやったことが、まったく役に立っていなかったのだ。ずばずばともっともな指摘をされて、潤はうなだれるしかない。多大なショックと、それを上回る情けなさに唇を噛む。

どうしてうまく出来ないかな。

先ほどの電話や今の資料整理以外にも、実は黒木にはお使いやコピーなどの何でもない仕事を頼まれては失敗するということを繰り返していた。ひとつひとつは同じ失敗ではないが、あっちをうまくやったらこっちを間違えるといった具合で、だから先ほどの黒木の叱咤にも『すみませんは聞き飽きた』という言葉が含まれたのだ。

失敗して叱られると、変に萎縮《いしゅく》してさらに失敗を重ねるという悪循環を繰り返すようだ。黒木の言葉が少々きついせいもあるかもしれない。いや、黒木が潤へきつい言動を取るのは、自分が失敗するからなのだけれど。

「さとみちゃん、そのくらいにしてあげて。ほら、潤がすっかり悄気《しょげ》てしまったじゃないか。さとみちゃんも、せっかくの美人が曇るのはもったいないよ。Sorridi,Satomi!《ソッリーディ・サトミ》」

そんな潤に助け船を出してくれたのはレンツォだ。

潤が持ったままだった雑誌を受け取りながらのんびりした口調で黒木を諭し始めるが、このふたりも実はあまり仲はよくない。女性を見ると条件反射で口説き始めるようなイタリア男の血を強く引くレンツォが気に障ると、黒木はいつだってけんか腰なのだ。

「何が『笑って、さとみ』よ！」

案の定、レンツォが最後につけ加えたイタリア語に鋭く反応した。

「『さとみちゃん』もやめてっていつも言ってるでしょう。ちゃん付けなんかしないで」

「ワァオ、さとみと呼び捨てていいんだ？　嬉しいな。今日、ぼくたちは昨日よりもっと親しくなれたね。明日さらに仲良くなるために、これから食事に行こうよ。さとみ？」

きざなセリフにウインクまでつけるレンツォに黒木の体がわなわなと震える。

「イタリア男はこれだから嫌いなのよっ」

実はレンツォも黒木のこうした気の強さを苦手としているらしい。

ぼくの好みは古式ゆかしい大和撫子だと口にするくらいだ。なのに、女性を口説くのは男の義務だとのたまい、苦手なはずの黒木にも誘いをかける。それでよけいにふたりの間がこじれるのだ。黒木が怒るのも仕方ないと潤は思うのだが。

「それに、電話の件はそもそもあなたが元凶でしょう、バローネ。なぜそこにいて、鳴っている電話を取らないのよ。あなたは会社に遊びに来ているの？　ただソファに寝そべっているだけでお給料をもらうなんて、給料泥棒と一緒だわ」

「ノ・ノ・ノ！　さとみ、バローネじゃなくレンツォだ」

「絶っ対呼ばない！　それから、話を逸らさないで」

断固拒否されて、レンツォはやれやれとばかりに肩を竦めた。

「でもね、さとみ。君にも新人さんの時代はあったでしょ？　その時をちょっと思い出してよ。潤はよくやってるよ。さっきだって、ちゃんとイタリア語で『待って』と言ったじゃないか。失敗を叱るのは確かに先輩の仕事だけど、頑張ったところを見つけて褒めてあげるのも先輩の仕事じゃない？」

きついことを言われても女性に甘いレンツォは滅多に怒らないが、それでも気に障ってはいるようで、黒木が普段冷たく当たる潤をことさら優しく庇うことで対抗意識を見せる。口調はソフトだが正論を突きつけて、虚をつくのだ。そして、虚をつかれてうろたえる顔を黒木は容易に見せてしまうところが可愛いのだとレンツォは潤にもらしたことがある。それが黒木を苦手としながらも嫌いになれないところなのだ、とも。

今も、黒木はレンツォの言葉に胸をつかれたような表情を見せた。きゅっと一瞬泣きそうに顔を歪める姿は、なるほど可愛いといえなくもない……のかもしれない。

潤にはとても難しい大人な解釈の上に少し歪んだコミュニケーションに思うのだが。

「またやってんのか」

いつの間に四階のボス室から降りてきていたのか、泰生が呆れたように声をかけてくる。目の前ではまた新たな諍いが始まって困っていたため、潤はホッとした。

「泰生、元はといえばおれが悪いんです。ふたりがケンカする必要なんて本当はないのに」

「いいじゃねぇか。ケンカするほど仲がいいって見本みたいなふたりだ」

「そんなぁ……」

「それより、ちょっとコーヒー飲みに行こうぜ。さすがに目が疲れた」

そう言うと、泰生は潤の肩を抱いて歩き出す。レンツォは行ってらっしゃいとばかりにひらひらと手を振るが、黒木からはことさらきつい目で睨まれてしまった。

エレベーターで一階まで降りてカフェに入る。ビルに入るショップやレストランが比較的年齢層が高いため、カフェに集う人々も泰生に反応して大げさに騒ぐことはしない。それが気に入っているようで、泰生は何かあるとこの一階のカフェに息抜きに来る。

「で、何を怒られてたんだ。潤は？」

見ていないようでしっかり見守ってくれている泰生の心遣いが嬉しい。反面、自分がまだまだ泰生の役に立てないことが情けなくなるが。

「資料整理がまったく出来ていなかったんです。おれだけがわかりやすくても、使うスタッフがわかりづらかったら確かに不便ですよね。そんなことにも気付かなくて」

潤が言うと、泰生は微苦笑して頬杖をつく。

「潤も黒木も根が真面目だからな。特に潤は言われたことを真剣に受け止めて考えすぎるから、おれからしてみればもっと肩の力を抜けと言いたくなるけどな。あぁ、レンツォも黒木に対して同じように思ってるはずだ。どうにか自分がその役目を担いたいんだろ。黒木が可愛くて、つい構いたくなる」

「……？　でも、レンツォは黒木さんを苦手だって言ってますけど」

「ふん。レンツォはおとなしくて優しい大和撫子が好みだなんて抜かすが、結局は好きになった人間がタイプなんだよ。本人はまだ気付いていないみたいだが」

「えっ、えっ！　レンツォは黒木さんが好きなんですか⁉」

驚く潤に、泰生はにやにやと笑うだけで肯定も否定もしない。思いもしなかった展開に、潤は小さく呻る。大人の世界はやはり相当に複雑だ。

「資料整理の件だが、これから資料はもっと増えるからきちんと考えないと確かに大変かもな。んー、パソコンとかタブレット端末なんかでぱぱっと検索出来たら理想的だが」

泰生のアドバイスに潤は膝を打つ。自分の中にある記憶という曖昧なものをどうやったら具象化出来るか悩んだが、そういう方法もあるのか。

「レンツォに相談してもいいし、学校でそういうのに詳しいヤツはいねぇの？」

「いる、かも」

オタクと称する三島は、パソコンにも詳しかったはず。そうだ。相談してもいいかもしれない。具体的な案が出たら、今度は事務所でレンツォに意見を求めよう。

「どうにかなりそうな気がしてきました。泰生、ありがとうございます」

「潤だって思いついたはずだけどな。ま、いい。あー、ダメだ。全然眠くならねぇ。おれ、今夜眠れるか。仕事ももう気が乗らねぇし」

昨日まで泰生はフランスのパリにいて、この時間パリはまだ昼間だ。時差ぼけは地味につらいのを潤も経験しているため、泰生が気の毒になる。

「そーだ、眠れなかったら潤に協力してもらえばいいんだよ。そうと決まればもう仕事はやめやめ。さっさと帰ろうぜ」

「あのっ、協力っていったい？」

「ん、夜の体操？」

黒々とした瞳にエロティックな光をたたえて泰生が潤を見下ろしてきた。

「よ、よ、よ――っ」

「何言ってんだ、よよよって。潤こそ大和撫子か」

喉で笑う泰生は潤の腕を摑むと強引に立ち上がらせる。

「んで。協力、してくれるよな？」

泰生の色っぽい眼差しは、潤の心のど真ん中を撃ち抜いてくれた。


現在、潤《じゅん》は泰生《たいせい》のアシスタントスタッフ見習いとしていろんな現場について回っているため、本業である勉強は大学にいるときに集中してやるようにしていた。授業中はもちろん、空き時間や昼休み、果ては授業の合間の短い休み時間までフルに活用している。が、来週には後期試験も控えているし、なにぶん時間が足りなかった。

「橋本《はしもと》、おまえあんま根をつめるなよ。なんか今日は特にやつれて見えるぞ」

大学での授業中、グループワークで発表を終えて席に戻ってきた際、潤が無意識についたため息を大山《おおやま》に聞かれてしまったようだ。

「うん。でも、今だけだから。三月までは出来るだけ頑張ろうと決めてるし」

少し決まりが悪くて、潤はもごもごと言い訳をする。

八束《やつか》のショップは三月にオープンを迎える。それまでの間だ。

泰生が演出で何をやるのか。演出の仕事がどういったものでどんな流れで行われているのか。端から見ていただけではわからなかったことが、昨年からの二ヶ月でずいぶんわかるようになった。それでもまだ全体像がぼんやりと理解出来た程度だし、演出は多岐に渡るため、受けた仕事によってはその手段や手順も大きく変わるらしい。すべてを把握して、泰生のアシスタントとして潤が戦力となるのはずいぶん先の話になるかもしれない。

それだけ泰生がすごいことをしているのだ。自分との差が大きく開いているのをまざまざと見せつけられ、未熟さを痛感して実は少し焦っている。だから、最近むきになって頑張りすぎている感が自分でもあった。

泰生のアシスタントとして全力を尽くす。が、勉強もおろそかにしない。両立くらい出来なくて、泰生の片腕になどなれるはずがない、と。

なのにおととい、自分でうまくやれていると思っていた事務所の資料整理が全然使えないと知って落ち込んだ。仕事で失敗を重ねているのも響いている。せめて勉強だけはと昨日今日と集中してやっているが、端からは無理しているように見えるらしい。

情けないな……。

耳の後ろの柔らかいくせ毛を無意識に引っ張りながら、潤は他のグループの発表を見つめる。

授業が終わる頃に、ようやく気持ちも落ち着いてきた。

大山くんの言う通り、一限目から根をつめていたらあとが持たないよね。

苦く笑って、足下に置いていたバッグにノートをしまっていたときだ。

「あ、橋本くんがいたよっ！」

華やいだ女子学生の声を聞いて、潤は体を起こした。と、女子学生たちの後ろに見えた顔にぎょっと目をむく。

「え、えっ。ユアン!?」

おととい、撮影で少しだけ話をしたモデルのユアンが、教室の入り口で潤に向かって手を振っていたのだ。教室に残っていた学生たちも外国の美少年の登場に色めき立っている。

潤はすぐさまユアンの元へ駆け寄った。

「ユアン、どうしたのっ」

動揺して思わず日本語で訊ねてしまったが、それに答えたのはユアンの隣にいた女子学生だ。

「橋本くんを探して、学内をうろうろしてたんだよ。だから私たちが連れてきてあげたの。ね？」

女子学生の日本語がわかっているとは思えなかったが、最後の部分で女子学生がにっこり笑いかけたしぐさに、ユアンも同意するように愛想よく微笑んだ。まだどこか幼さも残しているような顔立ちに笑みが浮かぶと美少年ぶりがさらに際立ち、周りを取り囲む学生たちから黄色い悲鳴が上がった。男子学生の低いどよめきもすごい。

「ジュンが遊びに誘ってくれないから、ぼくの方が来ちゃったよ」

ユアンの言葉に、そういえば日本はよく知らないから遊んでと言われたのを思い出した。

「そうだったんだ。会いに来てくれてありがとう。でも、おれはこれからまだ授業があるんだ。終わるのは三時くらいになって、それで……どうしよう」

潤は途方に暮れるが、反してユアンはぱっと顔を明るくする。

「だったら、ぼくもジュンと一緒に授業を受けたい。日本の学校を見てみたいな。大学の授業にもすごく興味があるし。静かにしてるから、いいでしょう？」

「それは無理だよ。ユアンも一緒に授業を受けるなんて――」

潤が困惑したときだ。比較的英語がわかる人間が多かったのが、さいわいしたのかそれとも悪かったのか。ここまでユアンを連れてきた女子学生たちが声を上げた。

「大丈夫だよっ。次、英Iじゃない？　だったら大教室だし、ユアンくんが混じってもバレないよ。バレても、富《とみ》じいだったら大丈夫だって。フォローするよ」

「うんうん。皆、協力してくれるって」

周囲にいる学生たちも面白がって我先にと協力の声を上げる。まるで外堀を埋められていく感じだ。焦る潤を置いてけぼりで、周囲の人間たちはもう動き出していた。

「ユアンくん、行こう。こっちだよ。もう授業が始まるし、急がなきゃ」

ユアンを引っ張る勢いで、集団となった学生たちが次の授業が行われる大教室へ連れていこうとする。しかし、それをユアンはやんわり拒絶した。

「ぼくが授業を受けたいのは、ジュンの日常が知りたいからだ。ジュンがダメだって言うんなら、おとなしく終わるのを待つよ」

そして戸惑う潤に向き直ると、ユアンは神妙な顔で覗き込んでくる。

「ジュンと一緒に日本の学生生活を味わってみたいんだ。ダメかな？　絶対絶対ダメ？」

何でこんなに懐かれたんだろう……。

疑問に思うけれど、ペリドットグリーンのどこか甘えるような眼差しや自分だけに懐くそぶりは胸をくすぐるような可愛さがあって、潤はつい頷いてしまっていた。

「わかった。他の学生の邪魔にならないなら、いいよ」

まるで自分がお兄さんになったような気がした。年下らしい甘え方をされて、頼りがいのあるところを見せたくなったのかもしれない。

それを自覚すると恥ずかしくなって、赤くなった頰《ほお》を隠すように後ろを振り返った。潤のバッグを持ってきてくれた大山へと向き直る。

「大山くん、ありがとう」

「えらく派手なヤツだな。友だちか」

「ええと、仕事先の人かな。もし出来たら、大山くんにも協力してもらえたらと思うんだけど」

潤が頼むと、大山は相変わらず真面目だなと苦笑した。

「そんな堅苦しく思わなくてもいいと思うぜ。普段でも、他の学部のヤツらが潜り込んでくることはよくあるし。騒がないなら、取り立てて問題にもならないだろ。何か言われたら、弟だって言っとけ。橋本だったらいけるだろ、ほら目の色だってちょっと似てるし」

大山があっけらかんと言うのを聞いて、潤はホッとしたやらおかしいやら。

ようやくユアンを連れて歩き出した。大人数での移動になって、他の学生たちが驚いた顔で振り返ってくる。教室に入ると、いつも以上に人が多い気がした。どうやら面白がった学生が一緒に潜り込んでいるらしい。

「――ふむ。今日はずいぶん人が多いですね。見かけない学生もいる気がしますが」

教授の富田《とみた》が開口一番そう言ったときにはさすがにひやりとした。が、特に問題視されることなく授業が始まる。英語の講義だが、授業は日本語で進められるためユアンにはほとんどわからなかっただろう。それでも、隣で興味深そうにホワイトボードを見たり潤の教科書を覗き込んだりして、本当に学生生活を楽しんでいるようだ。

「あの、何か変かな」

そして、それと同じくらい潤へも熱心な視線が向けられた。潤の横顔を、変わる表情を、じっと見つめてくる眼差しは痛いくらいだ。

「ジュンはきれいだなと思って。男なのに見とれてしまうよ。それに、日本人の顔じゃないけど、日本人らしい奥ゆかしさが表情にあるよね。そういうのって大和撫子って言うんだよね」

ユアンの言葉が聞こえたのか、潤の反対隣に座る大山が小さく噴き出した。「口説かれてるぞ」と揶揄《やゆ》する大山を軽くたしなめて、潤はユアンにありがとうと礼を告げる。

「でも、大和撫子は女性の褒《ほ》め言葉だから覚えておいてね」

この前から『大和撫子』づいてるなぁ……。

潤は眉根を寄せながら、授業へ意識を戻した。

「そういえば、よくおれの大学がわかったね。言ってたっけ？」

授業が終わると、学食へ行くことになった。

どうやらユアンは、今日は最後の授業まで一緒に付き合うつもりらしい。

ユアンを伴って学食へ入っていくと、大注目を受けた。当たり前だ。外国人の上に群を抜く美少年で、モデルをするほど華やかなオーラの持ち主なのだから。

一時、大騒ぎになりかけたが、すかさず大山が睨みをきかせてくれて表面上は沈静化している。今は人の少ないテーブルを確保しているが、目を合わせたらすぐにでも囲まれてしまいそうな興味深げな眼差しを、ありとあらゆる場所から向けられていた。

それでも一応の人払いが出来たため、ユアンと込み入った話も出来そうだ。さっそく思いついたことを訊ねると、ユアンは手元のトレーへと視線を落とした。

「あー、うん。ミス・クロキに聞いたかな。これ、美味しいね」

ユアンが日本のカレーライスを食べる姿は何だかミスマッチだ。

「でも大学名だけで、よくここまでたどり着いたね。ひとりで来たんだよね？　日本は初めてだって言ってたのにすごいな。マネージャーのミズ・ブラウンも一緒じゃなかったんだよね」

「彼女は彼女で朝から飛び出していったよ。昨日今日とオフだからね。今日はスカイツリーに上りたいんだって。昨日はトーキョータワーに行ったって言ってたかな」

ユアンは、あさって行われる撮影までは日本に滞在することになる。その間、所属するモデルエージェンシーの日本支社へ挨拶に行った他は特に仕事もないため暇らしい。というのも、今回のイメージモデルの仕事には、日本でこれまでメディアに出ていないという条件がついているからだ。三月のショップオープンまでに他で顔が売れては、せっかくのしかけが台なしだ。

「ジュンはスカイツリーに上ったことはある？」

「ないよ。意外に上る機会がないんだ。実は東京タワーにも上ったことがない」

「だったら、この後スカイツリーに行こうよ。一緒に上ろう！」

初対面のときは少し取っつきにくいと思うほどクールな顔を見せていたユアンだが、話してみると十四歳という年齢らしい表情豊かな少年だとわかった。物事を斜めに見るようなひねくれた発言もあったが、ニヒルを気取るには少々アクが足りない。

それに冷めた感じなのも、モデルという職業柄必要以上に人を寄せつけない予防線みたいなものではないだろうかと潤は思った。泰生がその最たるものだ。

「そういえば、ミス・クロキから聞いたんだけど。ジュンはタイセイと一緒に暮らしているんだってね。日本ではジュンの年になると親元を離れて恋人と暮らしても何も言われないの？」

「黒木《くろき》さんはそんなことまでユアンに話したの⁉　いや、そ…そのことは内緒かな」

そういえばカメラテストのあとに話したときも、泰生と付き合っていることを知っているそぶりだった。あれは黒木が事前に話していたからだろう。いや、あの仕事に厳しい黒木が初対面に近いユアンにそんなことを話すだろうか。

潤は怪訝《けげん》に思いながらも、泰生とのことは一切口にしないように注意した。ユアンを悪く思うわけではないけれど、それでも泰生と同じファッション業界に身を置くため、何が災いになるかわからない。泰生本人は気にもしていないが。

「別に隠さなくてもいいのに。タイセイと付き合ってもう長いんでしょ？　男同士なのによく親は許したよね。お父さんとお母さんは何も言わなかったの？　今はどうしてるの？」

「えっと……もしかして、何か恋愛関係で悩んでるのかな。ご両親と対立してるとか？」

ずいぶん深く突っ込んでくるなと潤が心配して眉を寄せると、ユアンは虚をつかれた顔をした。そして少し気まずげに視線を逸らす。

「……そんなんじゃないよ。そういうのが聞きたいんじゃなくて。ジュンって変な人。そうだ、今度はジュンの子供時代のことを教えて？」

学食のカレーライスを高級レストランのコース料理みたいに上品に食べるユアンだが、次々と突拍子もないことを話しかけてくる。それには、潤より大山の方が気になったようだ。

「何でそんなことを知りたいんだ？　さっきから橋本のプライベートばかり聞いてくるよな」

潤のような流ちょうな英語ではなかったが、大山も日常会話程度は困らない。

潤の肩越しに、強面《こわもて》な顔でユアンを見る。その迫力に怯むかと思ったユアンだが、逆に強気な眼差しで大山を見返した。

「ジュンが気に入ったからだよ。好きな相手のことは何でも知りたいのが心理だよね？」

「橋本のことが好き？　冗談だろ。あんたの目に恋愛の色はねぇよ。何が目的だよ」

大山がさらにすごむと、ユアンは潤に体を寄せてくる。

「怖いよ、君って。ジュン、助けて」

大山の気持ちは非常にありがたいし彼の好意をむげにする気もないが、ユアンに頼られると守ってあげたい気持ちもわく。潤がまごついていると、ユアンは面白がるようにますますくっついてきた。この状況が楽しくてたまらないと笑って潤に懐くユアンは、年齢にふさわしいはしゃぎぶりで何だか微笑ましくなる。

「そういえば、あんた十四歳って言ってたな。ガキ相手に、おれも何すごんでんだか」

外国人でユアン自身も大人びたクールさを気取っているために潤たちの目には同年代にさえ見えるが、今のユアンを見て大山も自分の大人げなさに気付いたようだ。子供の興味本位な質問だと思うと、険悪になるほどの深刻性を感じなかったのだろう。

「大山くん、ありがとう。いつも助けてもらってばかりでごめんね」

自分のために疑問の声を上げてくれたことも矛《ほこ》を収めてくれたことにも、潤は感謝してならない。が、そんなふたりだけのやりとりにユアンはむっと眉を寄せる。

「何？　何しゃべってるの？　英語で話してよ」

「ありがとうって言われただけだ。あんたも日本に来るんだったら、簡単な日本語ぐらい勉強してこいよ。ありがとうなんて必須単語だろ」

「そのくらいは知ってるよ。そうじゃなくて、細かいニュアンスとか……あと、ジュンが笑ってたし」

「何だ、そりゃ。ただの嫉妬かよ」

「……君、やっぱり嫌いだ。ジュンに近付かないで」

ますます顔をしかめたユアンに腕を引っ張られて、潤は苦笑を浮かべた。

何だろう。困った状況のはずなのに、すごく楽しい。

「ねぇねぇ、ユアンくんって橋本くんの友だちなんだよね」

気付くと、遠巻きにしていた学生たちがすぐ近くにまで迫ってきていた。最初にユアンを案内してきた女子学生が話しかけると、我先にとつめ寄ってくる。

「日本には遊びで来たの？　どっか行った？　もしよかったら案内してあげるよ」

「やだ、抜け駆けずるいっ。私だって案内してあげるって。ばっちり通訳付きだよ！」

声をかけてくるのは女子学生が多かった。英語が得意だったり帰国子女だったりだが、積極的すぎるほどモーションをかけるのはユアンの容姿が際立っているためだろう。

「ユアンくんはどこの人？　もしかしてモデルとかやってる？」

「イギリスだよ。でも何をしているかは内緒。秘密が多い方がミステリアスでいいでしょう？」

スマートにウインクまでしてみせるユアンに、周囲からは黄色い声が上がる。俄然、女子学生たちの鼻息が荒くなった。

「携帯って持ってる？　アドレス交換しようよ。日本のこと教えてあげるから」

「だったら私も私も！　近くで見てもすっごい美少年だね！」

「まつげも長っ。触っちゃえっ」

積極的にアプローチし始めた学生に、潤の方が焦った。ユアンは、仕事相手という以上に今は年下の守るべき存在だという意識が高まっていた。自分が庇ってやらなければと奮起する。

「待ってください。ユアンは大事な預かりものなのでアプローチは禁止します。すみません。むやみに触ったりもしないで。そこの人、髪の毛を引っ張るのはひどいですっ」

勢いに任せてユアンにスキンシップしてくる女子学生まで出て騒動となり、潤はユアンを腕に囲って懸命に守る。が、ユアンの体はひょろりと細いが潤の方がもっと細くて小さいために、端から見たら潤がくっついているようにしか見えなかっただろう。

ユアンはというと、「怖い怖い」と口にしながらも潤に抱きついて楽しげに笑っていた。大山が収拾をつけてくれなければどうなっていたか。

潤たちは這々《ほうほう》の体《てい》で学食から抜け出した。


「最後まで授業を受けなくてよかったの？」

講義はあと一限あったが、あの騒動のあとではとてもユアンを連れて大学内を歩けなかった。一緒に授業を受けるなどもっての外だ。

仕方なく講義は休むことを決め、ユアンをホテルまで送ってあげることにした。

「何かごめん。あんなに騒ぎになるとは思わなくて」

「大丈夫だよ。ユアンは心配しないで」

先ほどまでの悪のりした様子とは一変して反省した顔を見せるユアンを宥める。

気分はすっかりお兄さんだ。常々大山と弟妹たちの関係を羨ましく見ていただけに、今はちょっとだけ兄の気分に浸れて楽しい。

大学までユアンはタクシーを使ったらしいが、帰りは一緒に地下鉄を乗り継いだ。聞くと、どうやら行きも駅まで赴いてチャレンジを試みたようだが、路線が複雑すぎて断念したらしい。初めて乗る日本の地下鉄に、隣に座るユアンは楽しげだ。しかし、ここでもユアンの美少年ぶりは注目の的だった。泰生と一緒にいるときなみの視線の多さに潤は閉口するが、写真を撮るためにか携帯電話を向けてきたのには、さすがに手をかざして声を上げた。

「すみません。写真を撮るのはやめてください」

普段なら絶対出来ない言動だったが、今は躊躇《ちゅうちょ》なく出来た。これもお兄さん効果だろう。言われた女性はむっとして睨みつけてきたが、それ以上は特にアクションがなくてホッとする。

「ありがとう」

礼を口にしながら、ユアンが嬉しそうに隣に座る潤の腕に体をぶつけてきた。そのまま、潤の顔をじっと見つめてくるのが伝わる。

「えっと、あまり見ないでくれると嬉しいけど」

「どうして？」

不思議そうにされると、潤も返答に困った。人の視線が苦手という内情を口にするのもはばかられるし、それ以上にユアンのような美少年に見つめられるとやはり落ち着かない。

返事も出来ずにもごもごしていると、ユアンの方が話を変えてくれた。

「ジュンは純粋な日本人じゃないよね？　両親のどちらが外国人なの？」

「母親だよ。父は生粋の日本人なんだけどおれは外国人の母に似たらしいから、日本にいるとたまに外国人と間違われることもあるんだ」

緊張が緩んだせいもあって口が軽くなる。

「母に似たらしいって、どうして推測で言うの？」

「おれには母はいないんだ。小さい頃に父と別れて出ていったから、実際会ったこともなくて。でも写真で見た顔は似ているように思えたかな。それに、似てるとよく言われてたし」

「会ったことがないなら、会いに行けばいいじゃないか」

プライベートすぎる会話だと気付いたのは、ユアンの顔から笑みが消えたせいだ。冷ややかにも聞こえたユアンの冷静な言葉に、潤は首を振った。

「それは、出来ないよ」

自分を置いて出ていった母が今どこで何をしているかなど潤は知らない。それ以前に、もうずっと昔にいらないと捨てられた潤だ。母だって今さら会いたいなど思ってもいないだろう。

「出来ないって何。なぜ決めつけるの？　会えない理由は何なのか教えてよ」

曖昧《あいまい》さを許さない子供のような潔癖さでユアンが問いつめてくる。それに、潤はなんと説明していいのか困った。すべてを話すには、あまりに個人的すぎる問題のような気がしたから。

「――ジュン、もしかしてその髪って染めてるの？」

その時、ユアンが初めて気付いたように声を上げた。またしても突然の発言に戸惑うが、それでも話題が変わってホッとする気持ちの方が強くて潤は大きく頷いた。

「髪も外国人の母に似たらしくてね。日本ではちょっと目立ちすぎるから、小さい頃からずっと黒く染めているんだ」

今でも潤の髪は黒い。祖父母に強制的に染めさせられていた以前と違って今はもう自由だが、まだ何となく地毛に戻せないでいた。ただ前のような違和感を覚えるほどの真っ黒ではなく、ナチュラルな黒さのせいで染めていることに気付かない人間も多い。

自分でも日常ほとんど気にしない黒い前髪を指先でいじってみる。

「――――そんなに母親が嫌いなの？」

ユアンの声から感情が削ぎ落ちたように聞こえてドキリとした。顔を上げたが、窓の外を見て潤はぎょっと立ち上がる。

「ユアンっ、ここで降りるから」

電車はもう駅に着いていたのだ。どころか、降車も終わって乗客が乗り込んできている。

潤はユアンを急き立てて閉まりかけたドアから何とか降りることに成功した。

「話に夢中で乗りすごすところだったよ」

ひと息ついて、ようやく歩き出した。ユアンが泊まるホテルまでは地下通路ですぐだ。

「ユアン……あの、どうかした？」

歩き始めてしばらく、潤は隣のユアンをそっと窺《うかが》い見る。

先ほどまでほがらかにしゃべっていたのに、今のユアンは初めて会ったときのクールな様子に戻っていた。冷めた表情で口数も少なく、取っつきにくい雰囲気さえ漂わせている。

「どうかしたって、何」

「ううん。どうもしてないならいいけど……」

ホテルが近付いたから、本格的に機嫌を損ねたのかな。

大学からホテルに真っ直ぐ帰ることに何度も不満を言っていたユアンだ。駄々をこねるとまではいかないが、それでも一緒に遊びに行きたいと拗ねる表情を何度もされたし、ホテルが近くなったせいで気分もふさいでいるのかもしれない。

それ以外に理由を考えられなかったのだが、言葉が少なくなったユアンのことは、やはり少し気になった。

改札を出て、もう一度ホテルへの帰り道を確認しようとスマートフォンを取り出す。操作していたタイミングでメールが入ってきたので開いてみた。珍しく、黒木からだったためだ。

「えっ」

が、メールを読んでぎょっとする。

「ユアン。君、黙ってホテルを抜け出してきたの!?」

メールにはユアンがホテルから消えて行方不明になっていることが記されていた。大学が終わってからでいいので潤も捜索に加わって欲しいとの要請だった。

気まずげに目を逸らすユアンを見ながら潤は急いで黒木に連絡を入れる。

ユアンを連れて急ぎホテルまで戻ると、ユアンのマネージャーであるブラウンはもちろん、黒木やレンツォ、果ては八束のアトリエスタッフの田島《たじま》まで顔を揃えて待ち構えていた。

ユアンの無事を知って安堵の色を浮かべながらも、ブラウンや黒木はきつい表情で潤たちを見つめてくる。

「何してるのよ、あなたはっ」

開口一番に黒木に怒鳴りつけられた。

「海外で十四歳の子がひとりでいなくなったらどれだけ心配するかわからないの!? たとえここが治安のいい日本だとしてもよ。警察に届ける一歩手前だったの。なぜ早く連絡してこないの。ユアンがひとりで大学に来た時点でおかしいと思いなさいっ」

黒木に言われてがつんと胸に来た。

そうだ。ユアンは外国人でまだ十四歳だ。子供ともいえる人間が見知らぬ海外でひとりホテルから消えたら大騒ぎするだろう。見知った年下の子が大学に遊びに来たという軽い感覚でいた自分が情けない。

ユアンはユアンでマネージャーに大目玉を食らっている。

「あなたは『t・ales《ティアレス》』のスタッフでしょう！　ユアンは友だちではないのよ、仕事相手なの。そういう初歩的なことをもっとしっかり考えなさいよっ」

「本当にすみませんでしたっ」

潤は深く頭を下げた。下げたまま、上げることなどとても出来なかった。そんな潤の背中に、レンツォの声が降ってくる。

「さとみがこんなに怒るのはね。海外では未成年モデルが活動するときには、家族やマネージャーなど第三者のつき添いが義務づけられていることが多いんだ。未成年者を守るためにね。だからスタッフの立場である潤が十四歳のユアンと長時間すごしたとなると、いろいろ問題になる可能性が出てくるんだよ」

レンツォの言葉に、潤は固く目をつぶった。

「本当に、本当にすみません……」

マネージャーの存在を勘違いしていた。ユアンのスケジュール管理をするためだとかユアンの将来性を高く評価しているゆえだとか、マネージャーの存在を深く考えなかった。だから、マネージャーはオフだとユアンに言われたときに疑問も覚えなかったのだ。ちゃんとわかっていたら、大学に来た時点ですぐに連絡出来たはずなのに。

深い後悔に震える唇をきつく噛みしめる潤だが、レンツォが次に呼んだのは黒木の名だった。

「ねぇ、さとみ。でも今回は、そんなことを潤に教えなかったぼくたちも悪いよね？　資料整理ばかりやらせて、業務のことは何ひとつ教えてこなかったんだから。あぁほら、泰生が来た。こういう逆境のときの泰生はすごいよ。見てて、潤。これで一件落着だから」

レンツォの声に、潤はゆるゆると頭を上げた。

ユアンがいなくなったことを受けて、泰生にも連絡が行ったらしい。

「潤が一緒にいてくれたらしいな」

頭に大きな手を乗せて泰生が覗き込んでくる。その目が優しくて、逆に泣きたくなった。

「ごめんなさい。すみませんでしたっ。ご迷惑をおかけしましたっ」

「大丈夫だから、んな顔すんな。顔色も真っ青じゃねぇか」

冷えてこわばりついた頬を温めるように、泰生が手の甲で擦る。少し強めのしぐさに、血の巡りがよくなったのか、頬の辺りがほんの少し暖かくなった。

「ん、血色がよくなった。んじゃ、いきさつを聞こうか。どうしてユアンと一緒だったんだ？」

訊ねられて、潤はなるべく客観的に答える。

最初の打ち合わせのときに、ユアンから日本を案内して欲しいと話しかけられたことからスタートした。潤が遊びに誘ってくれないから会いに来たとユアンに言われたこと。一緒に授業を受けて学食でランチをしたこと。マネージャーがオフだからと朝から単独で遊びに出かけてしまったせいでユアンもひとりで行動したらしいとまで口にしたのは、黒木から鋭《するど》く突っ込まれたせいだ。けれどそのおかげで黒木の表情も少し和らいだかに見える。

「何ですって⁉」

その時、ブラウンが怒りの声を上げた。大柄な体を揺するように潤へとつめ寄ってくる。

「あなた！　ユアンを勝手にホテルから連れ出したんですって？　ユアンはまだ十四歳なのよ。こんなことは許されないわ。未成年者略取誘拐罪として訴えてやるからっ」

ブラウンの剣幕にも震え上がったが、それ以上に言われた内容に愕然とした。突然、英語が理解出来なくなったのかと自分の頭を疑ったくらいだ。

「ちょっと待ってください。うちのスタッフがユアンくんを連れ出したですって⁉　何かの間違いです。ユアンくんが自分で思い立ってスタッフの通う大学へ訪ねてきたんですよ。それを勝手に捏造《ねつぞう》しないでくださいっ」

真っ向から対抗したのは驚くことに黒木だった。ブラウンは矛先を黒木に変えて口角泡を飛ばす勢いでまくし立てた。

「捏造なんかじゃないわ。ユアンが言ったのよ。ホテルまでそのスタッフが訪ねてきて、遊びに行こうと強引に誘うから抜け出したって。それがなかったら抜け出すつもりなんかなかったってね。さぁ、どうしてくれるの⁉」

どうしてそんな嘘を言うのか。

信じられなくて、呆然とユアンを見る。ユアンは潤と目が合う前にそっぽを向いた。

「十四歳のユアンを言葉巧みに誘い出して長時間連れ回したのよ。言葉も通じない外国で、さぞユアンは心細かったことでしょうっ。これはれっきとした犯罪よ！　今すぐ警察を呼ぶわ。あなた、そこから動かないでよっ」

声高にわめき立てるブラウンは、潤を睨みつけるとスマートフォンを取り出す。潤は焦るが、焦れば焦るほど何を言えばいいかわからなかった。

なぜこんな状況になっているのか、まったく理解出来ない。

「ミズ・ブラウン、警察を呼ぶ前にちょっと整理しようぜ。こいつは逃げも隠れもしないから」

ブラウンの先走りを止めたのは、泰生の低い声だった。潤の震える肩を宥めるように抱くと、ブラウンに向き合う。

「まずユアンの話を聞こう。ユアン、経緯を話してくれ」

嘘いつわりは許さないというように、泰生が真っ直ぐにユアンを見つめた。真偽を確かめるためだろうが、その眼差しは端から見ても震え上がるほどに鋭い。それを一身に受けているユアンはひどく居心地が悪そうに身じろいで、視線を落としながら口を開いた。

「別に経緯も何もないです。ホテルで暇を持てあましていたときにジュンが訪ねてきたんです。遊びに行こうと誘うから、その気になっただけです」

「ほら見なさいっ。私がちょっと仕事でホテルを留守にした隙を狙うなんて狡猾《こうかつ》だわ。ユアン、もう大丈夫よ。私がついているわ」

ブラウンがユアンの肩を抱こうとするが、当人は冷めた眼差しでその手をさりげなく避けた。

「それじゃ、潤だ。さっき話していたことをもう一度話せ。大まかでいいから時間もつけ加えてな。が、その前に——いいか、おまえが人と争いたくない人間であるのはわかる。ユアンの言い分と正反対のことを口にして、せっかくの関係を壊したくないと躊躇する気持ちもな。でも、今は正直に話すときだ。嘘いつわりなくな?」

泰生は言わなかったが、潤が曖昧な覚悟でいると泰生の事務所『t．ales』にも迷惑をかけることになるのだろう。もしかしたら大きな問題に発展する可能性だってある。

そう思うと、覚悟を決めた。

潤は唇を噛んでしっかり頷く。同じく、なぜかユアンも胸がつまったような顔をして潤を見ていた。英語で話された今の泰生のセリフの中で何かが琴線《きんせん》に触れたように。

潤は一度そんなユアンと目を合わせたが、そっと視線を伏せて口を開く。

「十一時前ぐらいに、ユアンが大学の教室に現れたんです。おれを探してキャンパスを歩いていたところを、女子学生たちが声をかけて連れてきてくれたそうで――」

潤は先ほど口にしたことを、もう一度話した。潤の話に顔色を変えるのはブラウンだけだ。ユアンはこわばった顔で俯いている。

「それで終わりか？　よし。では、ミズ・ブラウン。どっちの話が信憑性《しんぴょうせい》があると思う？」

潤が話し終わると、泰生が意味ありげにブラウンを見た。

「それはユアンに決まってるわ」

「そう言うだろうな。おれももちろんうちのスタッフを信じる。潤は嘘を言わないからな。まあ、それはあんたにはわからないだろうけど。でも、実際潤の話の方が道理が通っているだろ。ユアンが自ら大学を訪れたことを証明出来る人間は、大学にいくらだっているはずだ。同じく、潤が朝からずっと大学で授業を受けていたと証明出来る人間もな。じゃ、ユアンはどうだ？　潤がユアンを訪ねてホテルに来たと言うが、それを証明出来る人間はいるか。どうだ、ユアン？」

泰生に声をかけられても、ユアンは唇を結んだまましゃべらない。当たり前だ。証明出来る人間などいないのだから。

潤はユアンが嘘を重ねないでくれたことに心底ホッとした。

「決まりだな。実際、ユアンが九時すぎに単独でホテルを出ていく姿は確認されていたはずだろ。だからひとりで出かけたまま帰らないと大騒ぎしてたんだろうが。いろいろ辻褄《つじつま》合わなすぎだって気付けよ。んじゃ、これでうちのスタッフがユアンを連れ出していないことは解決したな。その他について——訪ねてきたユアンとうちのスタッフが一定時間一緒に行動し、また連絡が遅くなったことだが、確かに少しこちら側の配慮も足りなかったのは認める。だが今回のことは、ミズ・ブラウン。あんたの監督不行き届きが一番の原因だろ」

「何ですって」

ブラウンは細い眉をつり上げる。

「さっき、あんたは仕事でちょっと留守をした間にとか何とか言ったが、それ嘘だろ。スカイツリーを見にいったんだってな？　んで、ホテルに帰ってユアンがいないのに気付いたのは十二時半だったか。黒木、連絡があったのはその時間だな？」

黒木が頷くのを横目で見て、泰生はまた冷静に言葉を継いだ。

「あんたさ、自分が責任を持つべき人間を放り出して何やってんだよ。たとえ行き先が遊びでなかったとしても、十四歳の子供をひとりホテルに残したまま、何時間も出かける方がおかしいだろ」

「何がおかしいのよっ。本当に仕事だったんだからっ。だいたい、ユアンはもう十四歳なのよ？　赤ん坊でもあるまいし、留守番くらいひとりで出来るでしょう」

「何言ってんだ、十四歳だから問題なんだろ。何にも出来ない赤ん坊だったら、ある意味ホテルの部屋に置いたままでも、どこにも行けないからいっそ安心だ」

反論する気満々のブラウンの口をふさぐように、泰生は「まぁ、極論だがな」と肩を竦める。

「けどユアンは、ミズ・ブラウンが言った通りもう十四歳だ。留守番が嫌だと思ったら歩いて部屋から出ていけるし、ある程度の金だって持ってるだろう。やれることはほぼ大人と同じだ。だが、分別はまだ十分とはいえない。騒動になるとわからず、伝言も残さずホテルを出ていったり携帯の電源を切ったりしたようにな。そんな十四歳を監督するのが今のあんたの仕事なのに、それを放棄したんだ。ほら、あんたの監督不行き届きが問題になってくるだろ？」

滔々《とうとう》と語ったあと、泰生はブラウンを鋭く見据えた。

「それをあんたはごまかしたかったから、辻褄が合わなかろうが事実を冷静に突き合わせることもなく、うちのスタッフがホテルから誘い出したというユアンの嘘にこれさいわいと乗っかったんだ。問題をすり替えてうやむやにしたかったんだろうけど。だが、残念だったな。ユアンは嘘を突き通したり嘘を嘘で塗り固めたりするような悪い人間にはなれなかったみたいだし、元より信頼を寄せられていなかったようだから、あんたの味方になろうともしなかった」

「そんなことっ」

ブラウンは顔色を悪くするが、泰生は最後まで追撃の手を緩《ゆる》めなかった。

「今回のことは、うちの配慮不足もあわせてだが、おれからあんたんとこに報告をさせてもらう。あんたに任せてたら、全部こっちが責任を負わされそうだからな。あぁ、確か日本にも支社があったし、ユアンが日本にいる間のマネージャーはそこから回してもらうか」

「泰生もえげつないねぇ。ま、潤をいじめたから仕方ないか」

傍観の構えを見せているレンツォののんびりとした日本語での呟きに田島は大きく頷くが、黒木は複雑な顔をしていた。

ヒステリックに自分の正当性を主張し続けるブラウンを黒木がホテルの部屋へ連れていくのを尻目に、泰生はさっそく今回のことをユアンが属するイギリスのモデルエージェンシーへ報告している。ユアンはというと、ひとりさっさと部屋へ戻ってしまった。潤とは口もきかないどころか視線さえ合わせなかった。

自分はユアンに何かしただろうか。

ユアンの暴挙も頑なさも、潤にはわけがわからなくて途方に暮れる。加えて、今回の自分のいたらなさに深くうちひしがれていた。

捜索の応援にきてくれた田島が帰っていってしばらく、モデルエージェンシーの日本支社から代理の女性マネージャーが駆けつけてきた。その頃にようやくブラウンの部屋から戻ってきた黒木が新マネージャーと話をつけ、潤は泰生やスタッフたちと一緒にホテルを辞した。

体格のいい泰生を含めて四人が乗車すると、中型のタクシーでも車内はいっぱいいっぱいだ。

「今回は、本当にすみませんでした」

車が走り出して車内が静かになったタイミングで、潤はもう一度謝罪の言葉を口にした。

「配慮が足りませんでした。間違ったことばかりして、本当にすみません。皆さんにもご迷惑をおかけしました」

「いえ——ボス、私のミスです。橋本くんにスタッフの心得をしっかり指導していなかったせいです。それにユアンくんの捜索の連絡も、学生だからと橋本くんには後回しにしたせいで発覚が遅れたんだと思います。申し訳ありませんでした」

「泰生。さとみを怒らないでやって。さとみだって全力を尽くしたんだよ。ずっと走り回ってユアンを探してたんだから」

潤、黒木の発言のあと、助手席に座るレンツォが振り返って黒木のフォローに回る。泰生は黒木が感極まったようにレンツォの名を呟くところまでのんびり聞いて、穏やかに微笑んだ。

「いいんじゃね？　今回のことで、スタッフの絆も深まった気がする。たまにはこういうのも悪くないだろ。結果オーライだ」

スタッフの絆――。

そう言われて、潤を敬遠していたはずの黒木が何度も庇ってくれたことを思い出す。今の発言しかり、先ほどのブラウンの批難に対抗してくれたこともしかり。

「あの、黒木さん。今日は本当にありがとうございました。いたらないところばかりですが、全力を尽くしますのでこれからいろいろと教えてくれませんか」

泰生と反対側に座っている黒木に、潤は頭を下げる。そんな潤に、黒木はもぞもぞと体を動かしたあと口を開いた。

「――最初に、最初にボスから言われてたの。橋本くんは何も知らないって。だけど、同じ間違いを二度三度する人間じゃないから、面倒だけど一から教えてくれないかって。それを怠っていたのは私だから、今回のことは私のミス。でも、次はないから」

つんとした口調で、どこか遠回しな黒木の言い方は潤には理解しづらかった。言葉の意味を考えていると、前の助手席でくすりと笑い声が上がる。レンツォだ。

「さとみは可愛いなぁ。さとみはね、明日からちゃんと指導するから、次から潤が何かを間違うことはないだろうって言ってるんだよ」

「イタリア男のあなたに意訳されたくなんかないわよっ。ちゃんと日本語を話してるんだから」

「もちろんだよ。言葉が通じなかったら、愛の言葉もさとみへの賛辞も伝わらないからね。さとみは日本語もイタリア語も話せて、ぼくは嬉しいよ」

席の前後で始まった言い争いは、これまでとは少し違っているように聞こえた。ふたりの距離が縮まったように見えるのは、決して潤の気のせいではないだろう。泰生から「言った通りだろう」というような眼差しを向けられて、潤も頷く。

今日のことは反省することが多かったけれど、それでも終わってみると大事なステップアップだったと、もう二度と同じ失敗はしないという誓いとともに深く胸に刻み込んだ。

でも、ユアンのことだけは気がかりだな……。

泰生の熱い体温に気持ちが安らぐのを意識しながら、潤は車窓を眺めた。


「おれは、本当におまえをすげぇと思うよ」

リビングのラグに座った大山は、ぽかんと口を開けて周りを見回しながら呟いた。

「この部屋を『模様替えしてちょっと雰囲気が変わったんだ』程度で案内出来るなんてさ。橋本って見た目も中身も繊細なくせに、こういうとこは案外おおらかだよな」

「えぇ……そこまで言う？」

「言うだろ。これはもう模様替えって程度じゃねぇよ。まったく別の部屋に変身してるじゃねぇか。というより、これはもう部屋と呼べないんじゃねぇ？」

「うーん、そうかな。でも、泰生だから」

潤の言葉に、大山が視線を戻す。潤は大山と見つめ合って、同じタイミングで噴き出した。

「……そうだな、あの男だからな」

大学の授業が終わった土曜日の午後、潤の住むマンションに大山が遊びに来ていた。とはいっても、試験の代わりに提出するペアワークのレポート作りのためだ。

前回、大山がマンションに来たのは昨年の秋。その時の部屋は穴蔵風の白い塗り壁や床に、たくさんのラグを敷いたり飾ったりしたアラビアンチックなもので、その年の春に旅行した北アフリカのイスラム国家『シャフィーク』をイメージした内装だった。

しかし今潤たちがいるリビングは、あめ色のローテーブルやアンティークのソファ、古典的なラグ以外の家具やインテリアは一切ない、いたってシンプルすぎる空間へとさま変わりしている。実は壁に見えるスペースには開けるとテレビなどのオーディオ設備が埋まっているのだが、今はテレビも見ないしそこまで説明はしなかった。

しかもこの部屋の一番変わっている点は、壁や床がメタリックに光り輝いていることだ。

「人んちに遊びに来た気ゼロだな。なぁ、今回のこれにも何かコンセプトってあるのか？」

部屋に入っただけなのに、大山はひどく疲れた感じのため息をついて潤に訊ねてくる。

「うん。宇宙へ旅立ったパイオニアの懐古《かいこ》スペース、だったかな」

「あー……なるほど」

大山がもう一度リビングを見回して曖昧に頷いた。

シンプルで機能的なメタリックの空間は、確かに宇宙船とか宇宙プラントとか温かみのないアーティフィシャルなもので、そこに質のいいアンティーク家具が置かれているのはひどく違和感だ。が、コンセプトを思うと、地球を恋しがることしか出来ない未来人の切なさみたいなものが伝わってきて、潤は嫌いではなかった。

演出によって作り込まれた『モノ』は、何かしら感動を生むのだと思い知った出来事だ。

この大胆な模様替えを行ったのはもちろん泰生だ。

ちょうど今年の年末年始が、別荘へ行ったり仕事含みのイタリア旅行が入ったりとしばらくマンションを空けることになったので、だったらと泰生が緊急の模様替え兼リノベーションを敢行《かんこう》したのだ。年末年始という時期が時期だっただけにいろいろと大変だったらしいが、潤がイタリア旅行から帰ってきたときにはもうこの部屋は出来上がっていた。

短いスパンで大胆な模様替えがなされることには驚いたが、泰生によると潤と暮らす前はシーズンごとにやっていたと聞かされてしまい、潤は声も出せなかった。

そういえば、泰生はもともと好奇心旺盛で何にでも興味を持つが、飽きやすいという性格の持ち主だ。本当に気に入ったもの以外は簡単に手放して次を求めるところがある。部屋の模様替えも似たような感じなのだろう。

最初は部屋のメタリック感が落ち着かないとレポートもはかどらなかった大山だが、何もない空間ゆえに集中せざるを得なかったらしい。資料集めは早めに行っていたおかげで、二時間を超える頃にはレポートはもうまとめに入っていた。

「コーヒーを入れるね」

仕上げは持ち帰ってそれぞれ家でやるとして、休憩を入れることにする。

湯が沸くのを待ちながら、潤は昨日大学までやってきたユアンのことを大山に報告した。大山にも迷惑をかけてしまったためだ。

「そうか。モデルで十四歳っていうのは、結構特別なんだな。おれは弟が同い年だから、昨日もつい弟の友だち感覚で話してたけど。考えてみりゃ、大人に混じってもう仕事をしてんだから、いろいろあってもおかしくないよな。守られて当然だ」

「うん……。でも、ユアンは何かおれに言いたいことがある感じで気になるんだよね」

一日たっても、ユアンのことが気になっていた。

考えてみれば、泰生が一緒にいるのに潤の方へ近付いてくる初対面の人間など今までいなかった。誰だって華やかで目立つ泰生の方へ目が行くし、接触したがる。なのに、思えばユアンは最初から潤を意識していたような感じだった。イタリアでのモデルオーディションのとき、居合わせた潤を見て表情を変えたユアンは忘れられない。

ユアンが潤のことをいろいろと知りすぎていたのも不思議だ。

実は昨日事務所へ帰るタクシーの中で、潤は黒木にそれとなく訊ねてみた。泰生と一緒に暮らしていることをユアンに話したか、と。

答えは否だ。

黒木はスタッフのプライベートをぺらぺらしゃべる人間ではないと思ったので安堵したが、逆にそれではなぜユアンが知っていたのか疑問に思った。同じく、潤が通っている大学名も自分が教えたわけではないと聞かされて、当惑してしまう。

その一部始終を傍で聞いていた泰生もユアンの言動を不思議がっていた。

加えて、昨日の——潤に誘い出されたとユアンが嘘をついたことも大いに気になる。

好きで出かけたわけではないというスタンスを取りたかったのかとも考えられたが、クールでひねくれた部分を持ちながらも少年らしい潔癖な面を見せるユアンだ。保身のための嘘をつくより、暇だったから出かけたと悪ぶる方がユアンらしい気がする。

「撮影は明日だったか。だったら暇なときに話しかけてみればいいいんじゃないのか」

イタリア土産のチョコレートを口に放り込みながら大山はアドバイスしてくれた。

「そういう時間が明日取れたらいいんだけど……。それに、おれともう一度話したいと思ってくれるかなって不安もあってさ」

「あー、いろいろあるだろうけど。聞いてみれば、案外なんてことない理由だったりしてな」

悩みすぎだと大山に言われて潤も頷く。

大山が帰り支度を始めた頃、玄関の扉が開く音がした。間もなくマフラーを外しながら泰生がリビングに入ってくる。

今日は夜に開催されるパーティーに出席するらしく、準備のために早めに帰宅したのだろう。

「来てたのか」

じろりと大山を見て、不機嫌そうに泰生が言う。悪態をつくような泰生には潤の方が焦った。

「泰生っ。昨日話しましたよね？」

「気にするな、橋本。そろそろ記憶力に自信のない年齢に突入したんだろ」

泰生もあれだが、大山も口が悪い。普段は普通なのに、泰生相手だとたんに臨戦態勢に入るようだ。そんな大山を、モッズコートを脱ぎながら泰生がじろりと睨む。

「それとも、間男かと思って焦ったのかもな」

ここで一気に叩こうと思ったらしい大山だが、しかしそのセリフを泰生は鼻で笑った。

「このおれさまが、ほんの一瞬でも誰かにつけいらせると思うか?」

黒々と濡れた瞳に、鳥肌が立つほどの色気をしたたらせて大山を見下ろす。男の色香漂う流し目に、潤は心臓が握り込まれたように息がつまった。隣では、大山も顔をこわばらせている。

そんなふたりに余裕の笑みを見せながら、泰生はキッチンへと歩いていった。

「……不覚だ」

大山は怒りが交じった掠れ声で呟いている。

「おれに楯《たて》つこうなど百年早いんだよ」

キッチンにいた泰生にその声が聞こえたとは思えないが、タイミングよく返事が返ってきた。

大山はその声に奮い起こされたように顔を上げる。

「それよりっ、大学に変なのが来たぜ? あんなの、あんたが止めとけよ。おかげで、昨日今日と橋本は大変だったんだからな。こっちが火消しに一生懸命になっても、そっちから燃料をがんがん入れられたら、消えるもんも消えないだろうが」

大山が言っているのは、ユアンのことだろう。

大学に遊びに来たユアンはモデルを務めるほどの絶世の美少年だ。しかも外国人だから構内でも相当目立っていたようで、今日になっても潤は大学で多くの学生たちにつきまとわれてしまった。もう一度ユアンを連れてきてただのユアンはいったい何者なのかだのと要望や質問が多くて、潤も閉口した。大山や仲のいい友人たちがフォローしてくれて何とかやりすごせたが、しばらくは騒がしくなると思うと確かにげんなりする、が。

「大山くん。泰生は、昨日のことに何も関係ないから」

取りなす潤だが、リビングに戻ってきた泰生は思った以上に真面目な顔を大山に向けている。

「おまえに言われるまでもねぇよ。二度目はない」

「えっらそうに」

「感謝もしてるぜ？　大学には大山がいるから安心ってな」

ふっと息を抜くように表情を緩めた泰生に、気のせいか大山の頬は赤くなっていた。すぐに苛立ったように舌打ちして視線を逸らしていたが。

潤はほっこり温まる胸に思わず笑みがこぼれた。

大事に思ってくれる人がふたりもいるなんて、幸せだ――。

翌日の早朝――向かった大きなスタジオには、セットがいくつも作られていた。

床に黒いビロードが敷かれた真っ白いトンネル風のセットは、天井のはめ込み式の明かりや壁の小窓の雰囲気から、飛行機などへ乗り込む際のボーディングブリッジのように見える。他にも、アンティークなシャンデリアやソファが豪華な部屋のセット。雰囲気ある壁と窓枠だけのセットもあった。

「かっこよく出来てる……」

どれも撮影のためか半分だけだったり三分の一ほど切り取られたりしているが、以前話し合いの最中に泰生がフリーハンドで描いてみせた簡単なイラストからこんな立派なセットが出来上がるのは、経緯を見ているだけにちょっと感動ものかもしれない。

待ちに待った撮影日を、潤は感慨深い思いで迎えていた。

今日の撮影で、ファッション雑誌の広告やフライヤー、ポスター等が作成される。同時に動画も撮影して、五分程度のショートフィルム広告としてまとめられる予定だ。

「そっちの照明はいるのか」

泰生の声に、潤ははっと自分の仕事を思い出す。

泰生が何をしているのか。何を見て、何を思い、何を指示するのか。演出という仕事の全体的な流れに加えて、泰生の動きにも潤は注視しなければならない。

今、おれはただの見学者じゃないんだから。

そう言い聞かせて、部屋のセットの方、泰生が指摘した床からの照明を見る。

「そこだけ明るくて、レリーフが変に強調されて見える。ちょっと一回消してみろ」

正面の壁に彫られたレリーフを下から照らすような照明だが、言われて初めて気付くような微細《びさい》な違和感だ。が、泰生の目にはしっかり奇異として映るらしい。

「消すと影が出来るのか。明るさの調整は出来るのか？　ん、よし。じゃそれで」

Vネックの細身のセーターにブラックジーンズ姿の泰生は、ＯＫサインを出すとまた次のセットへ歩き出す。泰生の声に現場が活発に動く。演出家の泰生だが、撮影が行われる今日は総監督のような立場になるらしい。潤もそんな泰生のあとを遅れずについて回った。

今のような些細な違和感を見つけたり、泰生の指示によりセットの印象が劇的に変わったりして、泰生の見る目の確かさにも感覚の鋭さにも驚くばかりだ。

「ユアンくん、入ります」

ようやく納得のいくセットに仕上がった頃、衣装に着替えたユアンがマネージャーを伴ってスタジオに入ってきた。生成《きな》りにオリーブ色のピンストライプスーツはナチュラルなシアサッカー生地で、仕立てのよい細身のラインがユアンの少年らしさをよく引き出している。

ユアンはスタジオのセットを無表情で見回していたが、潤を見つけるとはたと表情をこわばらせた。すぐに目を伏せたが、その気まずげな顔は先日の事件を気にしているように見えた。

「始めるぞ——」

泰生の指示の元、さっそく撮影がスタートした。

事前に泰生が描いた絵コンテを元に、外へと開かれた窓の枠にユアンが片足をかけて身を乗り出すような体勢を取る。今にも飛び出していきそうな躍動感があり、遠くを見つめる表情はきりりと凜々しかった。

正面の送風機から風が起こると、ナチュラルにセットされたユアンの金髪が翻《ひるがえ》ってとても雰囲気がいい。が、スーツの裾もいい感じに翻って欲しいとスタッフが調整に四苦八苦している。

「撮影、いったんストップして」

スタイリングはやはり八束の手で行われた。

カメラの後ろで見ていたかと思うと、撮影を中断させて何度も調整を繰り返す。袖《そで》を無造作にたくし上げたりシャツの襟《えり》を崩したり靴紐を結び直したり。

その間に泰生も写真をチェックして、撮影にアレンジを加えていく。

泰生は、八束のブランド設立とショップオープンの演出のコンセプトを『少年性』と『エアリー』とし、それにあわせてこれからさまざまな方面から攻めていく予定だ。ネット上ではショップオープンまでのカウントダウンがすでに専用のホームページで始まっているが、リアルでは今回の宣伝材料作りが演出を形とする第一歩になるだろう。

プライベートでも親友同士で、仕事もこれまで何度も一緒にしてきた泰生と八束だ。お互いが何を求めてどういう風に動くかはよくわかっているのだろう。加えて、泰生が意図する演出のコンセプトは十分伝えてあるし、八束が目指すデザインの方向性を熟知していることも大きい。ふたりはほとんど言葉を交わさないのに、撮影は驚くほどスムーズに進んでいった。

ふたりの目指す『モノ』がどんどん形になっていくのは、見ていてぞくぞくするほど興奮する。それは潤だけでなくスタジオにいる他のスタッフも感じているようで、撮影が進むごとに皆の表情にも仕事ぶりにもどんどん熱がこもっていった。

スタジオが熱いのか、それとも自身の体温が上昇しているのか。潤は無意識にシャツのボタンをひとつ外す。本当なら上に着ているカーディガンを脱ぎたかったが、大きな動作をするとスタジオに漂う緊張感を壊してしまいそうな気がした。

撮影のストーリーは、窓から空を見て旅に出る決意をしたユアンが豪奢《ごうしゃ》な待合室で出発のときを待ち、いざボーディングブリッジを歩いていくというもの。

ファインダーの前に立つユアンもすごくノっているらしく、場所を変えては何着も衣装を着替えることになったのだが、疲れた様子は一切見せず、泰生やカメラマンの指示が飛ばずとも次々とポージングを繰り返していった。

ボーディングブリッジの先、まばゆい光の出口へとユアンが歩いていくシーンをカメラが追っていく。ユアンのシルエットが光の中に消えて数秒――。

「うん、いいな。終了だ――」

静まりかえったスタジオに泰生の声が響く。と、わっという歓声と大きな拍手が上がった。

「泰生、感動したっ」

駆け寄ってきた八束が感極まったように泰生と握手を交わす。泰生は少し疲れた様子ではあったが、その顔は自分の仕事をやり遂げた充実感に満ちあふれていて、潤の胸にも満ち足りた思いが押し寄せてきた。

「ぼくの『Laplace《ラプラス》』がすごくいいものになるって、今日確信に変わったよ。君に演出をお願いした自分を褒めてやりたい。ありがとう!」

「なんだそれ。当たり前だろ。おまえがデザインして、おれが演出するんだぜ」

泰生がしたり顔で大げさだと言うのが少しだけおかしかった。他のスタッフも次々と賞賛しに殺到したが、潤もその順番待ちの列に並びたいと切に思った。

「あー、わかったわかった。もうきりがない、撤収するぞ」

終いには、面倒になった泰生が逃げ出してけりをつける。泰生とスタジオを出て控え室へ歩き出した潤は、そこでようやく話しかけることが出来た。

「お疲れさまでした。泰生、あの……すごくよかったです」

近くで見て、本当にすごかった。肌で感じた熱気は、まだ体のあちこちで騒《ざわ》めいている。

それを全部伝えようとしたけれど、結局口から出た言葉はそんなものだった。

あぁ、そういえば。まだ泰生と付き合っていないときにモデルの撮影に臨む彼を初めて見たときも、こんな体中が熱くて震える感じだったな。

懐かしく思い出しながら、隣を歩く泰生を見上げる。控え室のドアをくぐった泰生を追いかけて潤も中に入ったとき、突然泰生が潤の腕を捕まえてドアの横の壁に押しつけた。

「泰っ……ん」

驚いて出した声は、泰生にのまれた。泰生の唇は少し荒々しいくらいに潤の口に押しつけられ、唇をこじ開けると強引に舌を滑らせてきた。

感動に打ち震える心を押し開いてさらにかき回すような激しいキスだった。体中に満ちる興奮に、灼けた熱を注ぎ込むような情熱的なキスでもあって、潤はなすすべもなく翻弄《ほんろう》される。

「う……ん、んっ」

時間にして二十秒にも満たなかったが、唇が離れたときには指先まで熱い震えに包まれていた。濡れた唇を見せつけながら、泰生が潤を覗き込んでくる。

「おまえの震える声を聞いたら、なんか一気に来た。やばい、暴走しそうだ」

開いたままだったドアを腕を伸ばして閉めながら、泰生が二度目のキスへ突入しようとしたとき、近付いてくる靴音を聞いて潤は我に返った。

「やっ」

自分のどこにそんな運動神経があったのか不思議に思ったほど素早くしゃがみ込んだ瞬間、泰生が閉めたばかりのドアをまた勢いよく押し開けて誰かが駆け込んでくる。

「ジュンっ――……え？」

駆け込んできたのはユアンだった。

壁に両手をついて立つ泰生の足下で、しゃがみ込んだ潤と目が合ったユアンは、怪訝な表情をする。見つめ合って数秒、泰生が動いた。

「何の用だ、ユアン？」

ひどく不機嫌な声を隠しもせず、体を起こして言う。ユアンは一瞬怯んだようだったが、すぐに思い直して姿勢を正した。

「ジュンが打ち上げパーティーへは来られないって聞いたから……」

ユアンが追いかけてきてまで聞きたかったのはそんなことかと不思議に思いながら、潤は頷く。ユアンと話がしたかったのも思い出して、今がいい機会だとも考えながら。

「うん。今日はちょっと外せない用事があるんだ」

お祭り好きの八束のスタッフが急遽打ち上げパーティーをセッティングしたのだが、今日潤はもともと父と会う約束をしていた。父の仕事の関係や自分の忙しさのせいで昨年のクリスマスにも今年の正月にも父とは会っていない。遠回しに父からぼやかれたせいもあって、今日の食事会は絶対断れなかった。泰生に相談して、パーティーには欠席する許可をもらっている。

「ジュン、ぼくはもっと話がしたいんだ。今日、どうしても来られない？」

少し乱れた金髪はユアンの心の様子にも思える。わずかに色を濃くした緑眼は、潤だけを見下ろしていた。泰生に腕を引っ張られて立ち上がりながら、潤はユアンに向き合う。

「おとといのことも謝りたい。でも、もっともっとジュンと話したいことがあるんだ」

「だったら今すればいい」

熱のこもったユアンの様子に、潤は何と返事をすればいいのかわからなかった。どうしてここまで必死になるのか。困惑する潤をよそに、泰生は冷ややかに切り捨てた。が、すぐさまユアンが反論する。

「ふたりきりで話したいんです。こんな騒がしいところじゃなくて、もっとゆっくり話が出来るところで、ジュンとふたりきりで！」

「今日の打ち上げパーティーも十分騒がしいと思うがな」

矛盾をつく泰生に、ユアンは怒ったように眦《まなじり》をつり上げた。

「パーティーはあくまできっかけです。そこからふたりで抜け出そうと思っていたんです。関係ないタイセイは口を挟まないでくれませんか。ぼくはジュンと話をしているんですから」

「残念だったな。潤はおれんとこのスタッフだし、おれの恋人でもあるから関係は十分すぎるほどあるんだよ。潤と話したければ、おれの許可を取れ」

「泰生っ」

恋人だとそんな堂々と口にして大丈夫か、潤の方が心配になった。それに、これほど食い下がってくるユアンの話も実は聞いてみたい。

「――と言いたいところだが、いったいユアンは潤と何を話したいんだ？」

譲歩《じょうほ》したように声を和らげた泰生に、しかしユアンはこの場で口にするのをためらうように潤と泰生を交互に見る。

「おまえがしたい話は、潤のプライベートを事前に知っていたことに関係するのか。潤がおれのマンションで暮らしていることも潤が通っている大学名のことも、十四歳の一外国人モデルが簡単に知れるものじゃないだろ」

泰生の言葉に、ユアンがあからさまに動揺する。それを見て、泰生は決定打を打つ。

「わかった。パーティーが始まる一時間前、潤をおまえが泊まるホテルまで行かせる」

潤は驚いて泰生を見た。

「ただし、そこにおれも同席するのが条件だ。これは、ユアンと潤の立場を守るためにも譲れない。おまえんとこのマネージャーも同席出来るとベストなんだが。ま、これは人目のあるホテルロビーで会うようにすれば平気か。潤も、今日の待ち合わせ場所をホテルのロビーに変更するなりしてもらえば大丈夫だろ」

「それは大丈夫だと思いますけど。でも、泰生はいいんですか?」

潤だってユアンと話したいと思っていた。けれど、忙しい泰生に付き合ってもらってまでそんな場を持つのはすごく悩むのだが。

潤の心配に、泰生は気にするなとばかりに肩を竦める。

「――わかりました。十八時に、ホテルのロビーで待っています」

納得出来ない顔をしながら、ユアンも頷いた。

待ち合わせの五分前、すでにユアンはホテルのロビーで待っていた。どこか緊張した面持ちのユアンに、潤も気が張りつめてくる。いや実のところ、何を話されるのか予想がつかないだけに不安さえ覚えていた。

ホテル内のカフェに場所を移したところで、ユアンが神妙な様子で頭を下げた。

「マネージャーに話を通してくださったんですね。どうもありがとうございました」

「また変な揉《も》めごとに巻き込まれるのはごめんだからな」

皮肉めいた泰生のセリフには潤の方がハラハラした。案の定、ユアンはむっとしている。

人目のあるホテル内のカフェで会うことや、話が終わった時点で連絡を入れ、泰生がユアンを直接マネージャーへ引き渡すことで話をつけていた。もっともエージェンシー側は、『タイセイ』というビッグネームに初めから信頼を寄せていたようだが。

「ユアン。そろそろ話をしたいと思うんだけど」

オーダーしたドリンクが運ばれてきてしばらく、潤はそっとユアンに話しかけた。ユアンは先ほどから紅茶を飲むばかりで口を開こうとしない。が、潤が促してもためらう様子を見せるユアンに、気持ちの整理がつくまで待つべきかと考えたが、泰生はそのつもりはないようだ。

「ちんたらやってるとすぐ一時間なんかたっちまうぜ？　おれとユアンがこの後パーティーの予定が入ってるように、潤にも約束があるんだ。延長は受け付けられないからな」

待ち飽きたといわんばかりに泰生がうんざりした様子で告げる。相手が十四歳でも、泰生は容赦がない。

「あの、ユアンっ。確かにおれも用事はあるけれど。でもユアンと泰生が出席するパーティーは十九時からで、一時間もここで時間を使ったら会場へ行く手間もあるし、遅れて出席することになるよ。出来れば、さっと話を終わらせてぱぱっとマネージャーさんに迎えに来てもらって、遅れずパーティーに参加出来た方がいいよね？」

場の雰囲気が悪くなるのをフォローしようと潤は口を開いたけれど、フォローにはならなかったようだ。セリフの後半で、ユアンが目をつり上げて潤を見据えてきた。

何か言い方が悪かったかな……。

潤は焦って泰生を見る。泰生は微妙に苦笑していた。

潤も父との約束があるので遅れることは避けたかったが、それでも待ち合わせをこのホテルのロビーに変更してもらったため、ぎりぎりに出ることになっても一応は安心だ。だから、実際遅れて困るのはユアンたちの方である。そう思っただけなのだが。

「わかりました。確かにさっさと話を終わらせた方がいいですね。そして、ぱぱっとマネージャーに迎えに来てもらいます」

尖った口調で言ったユアンは居ずまいを正す。

気に障ったのはそこだったらしい。

が、潤がある意味のんびりしていられたのもここまでだ。

「改めて、自己紹介します。ジュン――いえ、兄さん。ユアン・パートリッジです。弟としては初めまして、になりますね」

色を濃くしたペリドットグリーンで真っ直ぐ見つめてくるユアンに、潤は一瞬息が止まった。ゆるゆると首を横に振ったのは無意識だった。

「おれには弟なんかいないはずだけど」

呆然と潤が紡いだ言葉に、ユアンはまさに逆鱗《げきりん》に触れたかのように血相を変える。

「この期に及んでしらばっくれるつもりですか。それともおれなど——弟の存在など認めないとでも？　それほどまでに今でも母を憎んでいるんですか。そんなに母にそっくりのくせして、母の痕跡を隠すみたいに髪を黒く染めているように！」

「ユ、ユアンっ」

話の続きを聞くのを恐れるように名前を呼ぶが、ユアンはそんな潤こそが許せないと激昂《げっこう》して睨みつけてくる。

「日本に来てあなたと話をして優しい人かと思ったけど、そうじゃなかったんだ！　そうですよね。毎年母が謝罪の手紙を送って面会を求めているのに、あなたは会うどころか連絡ひとつ寄越さないんですから。最初からわかっていたのに——っ」

「ユアン、ちょっと待て。そこまでだ」

その時、泰生が声を上げた。

「部外者は入ってこないでください！」

「おれは潤の家族だ。実際結婚もしている。パートナーである潤が苦しんでるなら、口だろうが手だろうが遠慮なく出すぜ？」

気色ばむユアンに、泰生は低く落ち着いた声で冷静を求める。そして、心がいっぱいいっぱいになっている潤を支えるように腕を伸ばしてぎゅっと手を握ってくれた。

「結婚って、出来るわけないでしょう。男同士で……」

そんなふたりの様子を、ユアンは憎々しげに見る。泰生はユアンの呟きを少し皮肉じみた片笑みでさらりと躱《かわ》すと、話を進めるように顎をしゃくった。

「それで、ユアン。おまえの母親の名は？」

「アイラです。アイラ・パートリッジ」

何をとばかりに怪訝な表情をするユアンから聞かされた名前に、潤はびくりと体が震えた。それは握った手を通して泰生にも伝わったためか、気遣うような眼差しが向けられる。

「――おれを産んだ母の名と一緒です」

言って、潤はぎゅっと目をつむった。

心の中が、頭の中が、飽和状態だった。

衝撃が強すぎてひどく動揺し、体がぐらぐら揺れている気がする。

「母親の手紙の件、潤は聞いたことが――――……ねぇよな。おれが知らないんだから」

問いかけなのか呟きか。

泰生の声に潤はゆっくりまた目を開けた。心配するように見つめる黒瞳をしばし見て、ようやく頭に入ってきた泰生の言葉に頷く。その間も、ユアンは不愉快な表情を崩さなかった。

「わかった。とりあえず場所を移そう。こんなところでする話じゃねぇな」

泰生は手を挙げてウエイトレスを呼び、さっさとチェックを済ませる。ユアンも同意するように立ち上がったが、潤はまだ気持ちが追いつかなかった。

「ユアンの部屋でいいか？　こっちで部屋を取ってもいいが」

「別にぼくの部屋でいいですよ」

のろのろと立ち上がった潤は、ふたりの会話に眉を寄せる。

「あの、場所を移動しても大丈夫でしょうか」

ユアンと密室で接することは潤たちの立場を不利にするのではなかったか。

あとで振り返ると、こんな時なのになぜ冷静にそれが心に浮かんだのか不思議だった。いや、いろんなことがありすぎたからこそ、今考えなくてはならないことから一番遠い事柄に行き着いたのかもしれない。無意識に心が避けたかったのか。

「弟と話すのにマネージャーの許可なんかいらないだろ」

が、返された泰生の返事に、潤は今度こそ打ちのめされた気がした。

弟――。

そうか。ユアンはおれにとって弟なのか。おれには異父弟がいたんだ。

初めにユアンの口から言われたにもかかわらず、ようやく――その事実が現実味を帯びる。

ずしんと、潤の胸に質量を持って落ちてきた。

「は……っ」

重く、息苦しいような胸を潤はこぶしで何度も叩く。

しっかりしろと、鼓舞《こぶ》するためにも。

「大丈夫か」

隣を歩いていた泰生が、ユアンの部屋へ入る前に潤と向き合う。日本語でされた問いかけに潤は頷いたが、泰生は逆に心配するように眉をひそめてしまった。

先ほどから、自分の動作が変にもたつくせいかもしれない。パニック状態の心が影響しているのか、もどかしいほど体が動かなかった。

「なんて顔してんだよ。おれがいるだろ、ばぁか」

泰生の両腕が潤の背中へと回る。

今は周囲に人はいないとはいえ、ここはホテルの廊下で客室のドアの前。すぐ傍にはユアンがきつい目をして立っているのに、泰生はいつもと変わらず潤を抱きしめてきた。

泰生の腕が強くて痛いくらいだ。伝わる体温が熱くて、重くひずんだ心もほんの少しほぐれる気がする。愛おしいオリエンタルな香りを胸いっぱいに吸い込んで、潤は体を起こした。

「ありがとうございます、もう大丈夫だから」

こわばっている唇を引き上げたけれど、笑顔にはならなかったのか。泰生は微苦笑して、指先で潤の額を優しい力でパチンと弾く。

「痛い……」

「んな顔して大丈夫って言うなよ、おまえは」

泰生の腕が離れると、とたんに寒く感じた。ホテルの中は暑いぐらいに暖房が効いているのにだ。スマートフォンを取り出しながら、泰生はユアンが開けた客室へと潤を促す。

「潤、先に部屋に入ってろ。オトーサマに時間を早められるか、連絡して聞いてみる。これはオトーサマも話を聞く必要があるだろ」

泰生が言うオトーサマとは潤の父のことだ。潤が頷いたとき、刺々しい声が発せられた。

「ぼくの前では英語で話してください」

泰生と日本語で会話をしていたのが、ユアンは気に障ったらしい。

「日本で日本語を使って何が悪い。わからないのが嫌なら、勉強してから来日しろ」

ユアンのクレームを泰生は鼻先でたたき落とす。ぐっとつまったユアンは、すぐに顔を背けて部屋の奥へ歩いていった。潤も鈍い足取りでその後に続く。一緒に客室に入った泰生は入り口近くのバスルームへと消える。すぐにくぐもった話し声が聞こえてきた。

「タイセイは何してるんですか」

「父に——おれの父に連絡を入れてるんだ。おれだけでは判断がつかないこともあるから」

潤が言うと、ユアンはふっと冷ややかな顔を見せた。

「……やっぱりぼくはあなたが嫌いだ。ううん。もうずっと昔から大嫌いだったんだ」

それほど広くはない客室だ。ベッドは大きめだがドレッサー兼用のデスクと窓際にソファセットがあるだけの、日本では一般的なシングルルームだ。

その室内に、ユアンの声はひどく大きく響いた気がした。

尖った声が、鋭い言葉が、グサリと潤の胸に突き刺さったのはそのせいだろう。

「母は、あなたのことばかり話した。古い慣習に縛られた家から自分だけが逃げ出したことを深く後悔して、そんな家に置いてきてしまったジュンを心配しない日はなかった。厳しい祖父母に苛められていないか、虐《しいた》げられていないか。あの家で、自分がされていたことを今度はジュンがされているのではと考えてヒステリックに叫ぶときさえあった。ジュンが会ってくれないのは、未だに恨んでいるからだと自らを責め続ける母を見て、ぼくはひとり育ったんだ」

ユアンの口から聞こえてくるのは、いったい誰のことだろう。

自分が知らないことばかり語られる。

ユアンの話す母は、本当に自分を捨てた母なのか。

そんな疑問すら浮かんできた。

「――なのに、あなたと会って愕然《がくぜん》とした」

思い出すように遠くを見たあと、ユアンは潤をきつく睨んできた。

「あんなに母を嘆かせているのだから、あなたは不幸せでないといけないのに。なのにあなたは、タイセイという恋人に大切にされて、大学でも友人たちに囲まれて、こんな事態に家族が飛んできてくれるほど愛されて――いたって幸せに暮らしているじゃないかっ」

激昂して潤を責め立てる。

強い憎しみをそのままぶつけられて、視界がぐらぐら揺れた。いびつに歪んだ心が圧に負けて決壊しそうだ。それを防ぐべく、今すぐにでもすべてをシャットダウンしたくなる。

あぁ、この感覚。覚えてる……。

昔、あの古めかしくて大きな家に住んでいたときはいつもこんな感じで――…。

潤がそう思ったとき、ゆらゆら揺れる体を後ろから抱きしめる腕があった。

「だから、おといあんな嘘を言ったのか。潤を陥《おとしい》れようとして」

電話を終わらせていつの間に来ていたのか。泰生が潤のすぐ傍に立って支えてくれていた。

そうだ。今はあの時とは違う。泰生もいるし、自分だって強くなったのだから。

潤はぐっと唇を嚙みしめて、肩を竦めているユアンを見た。

「そうですね。でも、大事《おおごと》になる前にちゃんと嘘だとばらすつもりでしたよ？　ただジュンが、自分は幸せなくせに未だに母を許していないと知ったら、ちょっと意地悪がしたくなったんですよ」

泰生とユアンが話すのは、おとといユアンが大学まで来た日のことだろう。潤がホテルからユアンを遊びに連れ出したと嘘をついたことだ。

あの時、自分はユアンと何の話をしただろう。

ぼんやりする頭を何度も振って思い出そうとする。

確か、あの日ユアンは潤のプライベートを執拗に訊ねた。大山も声を荒げたほどだ。

そうだ。地下鉄でホテルへ帰る途中、急にユアンの様子が変わった。外国人の母のことを訊ねられたあとだ。会いに行けばいいとか、会えない理由を教えてとか。思い返せば、髪を黒く染めていることを言ったとき、ひどくショックを受けている感じだった。

『そんなに母親が嫌いなの？』

確か、そう言われた。感情が削ぎ落ちた声で。

もしかして、だからユアンは気分を損ねたのか。

『それほどまでに今でも母を憎んでいるんですか。そんなに母にそっくりのくせして、母の痕跡を隠すみたいに髪を黒く染めているように』

先ほど、ユアンが潤をなじった思いが本音だったのだろう。

「言ったでしょう？　ぼくはジュンが嫌いだって。ずっとずっと、異父兄を憎んでいたし恨んでいたんです。あのくらいの悪戯《いたずら》、可愛いものですよ」

ぎらぎらと目を光らせて睨みつけてくるユアンの思いの強さと激しさに、潤は圧倒される。

後ろへ下がろうとした潤を背中に回る泰生の手が思いとどまらせてくれた。

「ったく。一丁前なことを言うが、しょせんは十四歳のガキだな。母親の愛情を半分奪われて悔しかったからって、身勝手なジェラシーを潤にぶつけるなよ。勝手な憶測で逆恨みもやめろ」

「なっ」

ユアンが顔色を変えていきり立つ。そんなユアンをきつい眼差しひとつで押しとどめると、泰生は腕の中にいる潤の前髪を指先で横へと流しながら言葉を継いだ。

「今でこそ幸せそうに笑うが、こいつはちょっと前まで、楽しいことなんか何ひとつないって顔して淡々と勉強ばかりしてたんだぜ？　こんなきれいな目をしてるのにさ、あの頃は死んだ魚みたいに虚ろな目をしていたんだ」

「――それが母のせいだとでも言うんですか」

ユアンはじっとりと目を据わらせる。

「さぁな。だが、おまえの母親だけが苦しんだとは思うなってこと。今、潤が幸せそうに見えるのは、おれがでれでれに愛してやったからだ」

「じゃあっ！　今が幸せだったら、当然母と会ってくれますよね。会って、すぐにでも母の気持ちを安らかにしてくださいっ」

泰生の言葉尻を捉えて皮肉を言うユアンだが、その声はまるで悲鳴のように聞こえた。

「ジュンっ」

返事を促されて潤は口を開こうとする。が、なぜか言葉が出てこなかった。

潤は母を恨んだことはない。潤にとって、母は遠い存在だったからだ。恨むような感情がわくことはなかったというのが正解かもしれない。あの頃は、心が壊れてしまわないように無意識に思いや感情をすべて封印していたから、母に対して何かを思ったことさえなかった。

だから、ユアンに諾《だく》と返事をしても構わないはずなのに。

「あ……」

呼吸が震えるのは喉《のど》が痙攣《けいれん》しているからか。それとも胸が震えているためか。異常に渇く喉に何度かつばを飲み込んでみるが、震えは収まらない。唇は引きつったようにこわばり、言葉を紡ぐことを拒んでいるようだ。

「ユアン、ちょっと待て。その前に、そもそも潤は母親のことなど何も――」

泰生が何か言いかけたとき、部屋に来訪のチャイムが響いた。

「オトーサマの到着か。案外早かったな。潤、出迎えてやれ。つぅか、おれたち何立ち話してんだ。座らせろよ」

場の雰囲気を変えるように泰生が声を上げると、親指でドアを指す。潤が混乱しているのを見て取って、返事をするタイミングを引き延ばそうというのだろう。

潤はのろのろと戸口へと向かった。ドアの向こうに立っていたのは、珍しく髪を乱した父だ。気のせいか、息も荒い。本当にずいぶん急いで来てくれたらしい。

「父さん……」

「潤、その……大丈夫か」

潤の目を見つめて、父が言葉を発する。声は固かったが、それでも気遣う色が混じる父のセリフに、潤は力をもらった気がした。肩からほんの少しこわばりが抜けていく。

「大丈夫です。えっと、中に――」

思ったよりしっかりした声が出た潤に安心したのか、父は頷いて潤の横をすり抜ける。部屋にいる泰生を見つけると、穏やかに声をかけた。

「連絡してくれて助かった。礼を言う」

「ん。潤、こっちに来て座れ。ほら——」

呼ばれた潤は、きれいにメイキングされたベッドに座らされる。その隣で、人さまのベッドだというのに泰生は普段と何の変わりもなく尊大に足を組むが、父は潤の反対隣を固めるように机とセットの椅子を引っ張ってきて腰かけた。

ソファにひとり優雅に座るユアンは、そんな潤たちを見て鼻を鳴らす。

「味方も呼んで万全の体制ですか。いいですね」

鼻白むほどの皮肉だが、潤はそれを聞いてふいにユアンの日常が気にかかった。

ユアンには味方はいるのだろうか。

「ユアンくんと言うそうだね。初めまして、潤の父で橋本正《ただし》だ」

「ユアン・パートリッジです」

それでも、父には礼儀正しく挨拶をした。母の、元夫である正が多少は気になるらしい。控えめながら興味深そうな眼差しを向けてくる。

「なぁ、ユアン。先ほどちょっと言いかけたが——そもそも潤は何も知らないんだよ。母親の手紙の件も、面会を求められていることも」

第一声は、泰生が上げた。それを聞いて、ユアンは色をなして抗議する。

「まさか。我がパートリッジ家は弁護士を通じて毎年連絡を取っています。確かにこれまで一度も返答をもらったことはありませんが、この期に及んでしらばっくれようなど――」

「落ち着きなさい、ユアンくん。泰生の言うことは本当なんだ。父である私でさえさっき知ったばかりだ。恥ずかしながら、私の家は少々複雑でね。ここに来る途中少しだけ調べることが出来たが、どうやら君の家からの連絡は私の父母が――家の者が勝手に判断して一方的に処理していたらしい。私が知らなかったくらいだから、潤が知らないのも当然だ」

「そんなっ」

父の言葉に、ユアンは啞然とし潤を見る。潤はというと、少しホッとした。父もすべてを知っていて、自分には隠していたのかと不安になっていたからだ。

「ユアンくん。すまないが、君が知っているアイラのことを教えてくれないか。もちろんあとで君の家には正式に連絡を取る。どうやら、私や潤が知っているアイラに関する事実とやらは、歪められたものだった可能性が高いんだ」

今ようやく気付いたが、父もショックを受けていたのかどこか憔悴《しょうすい》した様子を見せていた。自嘲するようにも響く父の言葉をユアンは疑わしそうに聞いていたが、それでも頼みをむげにするつもりはないようで、潤の母でもあるアイラのことを語り始める。

風習も言葉も違う日本で――古い慣習に縛られた家に閉じ込められ舅姑たちに人格さえ否定

されるような毎日に精神的に追いつめられてしまったアイラは、潤を出産したあと自分を守るためにひとり家を飛び出した。ようやく気持ちが落ち着いたとき、これ以上結婚生活を続ける気力は持てなかったけれど、それでも置いてきた潤は引き取りたいと申し出た。が、舅姑にけんもほろろに撥ねつけられたという。それどころか潤を捨てるように家を飛び出したことを楯に、潤が成人するまで会うことすら禁じられてしまった。

だからアイラに残された救いは、潤自ら会いに来てくれることだけ。が、何度謝罪の手紙を送っても面会を求めても返事が返ってくるどころか反応ひとつない。それは潤が自分を許してくれていないのだと、アイラは嘆いているらしい。

それでも、間もなく潤は二十歳を迎える。その時を今は心待ちにしているという。日本へ行って潤に会い、どんな言葉を投げかけられようが直接謝りたいと思っているのだ、とも。

「潤、ついてきてるか？」

泰生が気遣うように声をかけてくる。

「母は……母は、母は……」

潤は掠れ声でしゃべりかけたが、まともな言葉にはならなかった。そんな潤の背中を泰生が優しく叩く。もう片方の肩には、遠慮がちに父の手が置かれた。その父も、話を聞いてひどく衝撃を受けた様子ではあったが。

「あの、ジュン……？」

さきほどまで怒りをみなぎらせていたユアンでさえ、戸惑った顔で自分を見ている。瞬きを繰り返すそのペリドットグリーンの目は、自分とほんの少し似ていた。

あぁ、半分だけだけど自分と血の繋《つな》がった弟なんだ。

その時、潤は強烈に感じ取ってしまった。

潤にはいないも同然だった母は実際に存在していて、まったく違う人生を送っており、その結果生み出されたのが目の前の彼だ――。

「ユアン、おれは……」

ようやく震える声を上げる。

自分が祖父母から聞かされていた母はひどい女性だった。おとなしい見かけのわりに気が強くて、何かと祖父母に刃向かったらしい。しきたりや慣習になじもうとせず、奔放《ほんぽう》で自分勝手。挙句の果てには、潤が生まれるとすぐに家を出ていった。

潤は、母に捨てられたのだ。それを仕方なく拾ってくれたのは橋本家で、だから出ていけと罵《ののし》られても潤にはどこにも行く当てはなくて、嵐がすぎるのをいつもじっと待つしかなかった。自分はいらない人間で罪の結晶。存在してはいけないのだと言われ続けて育ってきた。

なのに、それがすべて違っていたなんて。

「……っ」

開きかけた唇から喉が引きつるような声が出て、潤は一度ぎゅっと口を閉じる。

ものの心ついたときから植えつけられた思いは根深くて、ユアンの言葉はとても今すぐには信じられなかった。母のことは、潤にとって祖父母に虐げられていた記憶と直結するため、思い出すのがつらいというせいもある。

「ごめん、ちょっと……待って欲しい――…」

こんな状態で母と会うなんて、とても出来なかった。

「そんな、だって！」

信じられないと見つめてくるユアンに、潤は何度も首を振って無理だと伝える。理由を口にすることさえ叶わなかった。混乱の方がひどくて、まともに頭が働いてくれないのだから。

「ごめん。だけど、だけど今はとても考えられない。本当にごめんなさい……」

ひどいことを口にしているのはわかっていた。嘆く母を早く楽にしてあげたいと今回の話をしたユアンからすると、自分の返事は許しがたいものだろう。

けれど――。

唇を強く嚙んで、潤は返事を拒む。

「ジュンっ」

こんなことが出来る自分が信じられなかった。胸が抉られるような苦しさと後ろめたさに深く頭を下げる。ユアンととても目を合わせられない。

「ジュン──っ」

「ユアン、いい加減にしろ。母親には会えない。それが潤の今の答えだ。これまで十九年ずっと真実だと思っていたことが間違っていたと、たった今知ったんだぜ？　混乱ぐらいするだろ。そんくらい想像しろよ」

熱くなるユアンを止めたのは泰生だ。

「だいたい、潤が二十歳になるまであと三ヶ月ちょっとだろ。いっそのこと、もうそれまで待ってもいいんじゃね？　実際、母親も潤が二十歳になるのを待つつもりだったんだろ。希望はすぐそこまで迫ってんだから、今すぐ潤と会わなくても気持ちが挫《くじ》けることもないだろ」

「そんなっ」

「ユアンくん、私からもお願いする。潤に時間を与えてくれないか。泰生が言う通り、潤にとって十九年分の積み重なった思いを整理する時間は、三ヶ月ちょっとでは短いと思うくらいだ。パートリッジ家には私からこれまでの経緯も潤の事情も説明する。それで、アイラの──ミセス・パートリッジの気持ちも少しは落ち着くのではないか？　これまでお母さんを傍で支えてくれた君にはもどかしいかもしれないが、この通りだ。頼む」

父が隣で頭を下げた。これにはユアンも動揺したように口を閉じる。納得出来ないが、反論する言葉が思いつかないとばかりに複雑な表情で潤を見つめるばかり。

停滞する場に、泰生は思い出したように声を上げた。

「ユアン、ひとつ聞くが。おまえって、最初から潤を知っていたのか？　イタリアでのオーディションのときから、潤に妙な反応を見せてたよな。その後も変に突っかかっていたし。実は、潤の顔を初めから見知ってたんだろ？　他にも、潤のことをいろいろ詳しく知りすぎだ」

「えぇ、父が頼んだ調査会社の報告書を盗み見ていたからですよ。ジュンが今どうしているのか、数年に一度母に内緒でこっそり調べさせていたんです。父は、母の過去をすべて承知の上で結婚していますが、それ故に万が一の際は引き取ることになるかもしれないジュンがどういう人間か知っておきたかったんでしょうね」

「身元を確かめる、ね。数年おきに調査とはずいぶん手間をかけるな。おまえの家、何やってんだ？　見事なクイーンズイングリッシュだし、もしかして家は爵位持ちか？」

泰生は眉を寄せる。それに、ユアンは何でもないことのように答えた。

「父は子爵です。イギリスで少々名の通った織物メーカーの社長をやっています」

「パートリッジ？　もしかして老舗ツイードメーカーか」

知っているのか泰生が声を上げると、ユアンは肯定する。

「んじゃ、今回のイメージモデルのオーディションに参加したのも偶然じゃないのか？　数年ごとってことは、最近の報告書にはおれのこともばっちり書いてあっただろうしな」

「そうですね。ジュンとタイセイが恋人関係にあり一緒に暮らしていることは去年の報告書で読みました。タイセイというビッグネームが恋人なんてと実際ふたりに会うまで、ぼくは半信半疑でしたが。オーディションに応募したのは、兄の恋人かもしれないタイセイに直接会って話が出来ればと思ったからです。あの場にジュン本人がいて、ずいぶん驚きましたが」

「ずいぶん行き当たりばったりだな。思いつきと勢いで突き進むのはガキの特権だが、ときには立ち止まって冷静に周りを見るのも大切だぜ？」

　牽制するような鋭い眼差しとは裏腹に、泰生の口調には諭すような穏やかさがあった。だからか、ユアンの瞳に理性の光が灯る。

「それにおまえ、今回のことは両親にはまったく相談してないだろ。おまえの独断だよな？」

「それは……はい」

「だったら、今日のところは一回持ち帰って両親に相談してみろ。人の気持ちが絡む問題だ。おまえひとりが我を張ってもうまくいくわけがない」

　泰生にしては珍しく嚙んで含めるような親切ぶりに、父は少しだけ驚いた顔をした。が、泰生の言葉を引き継ぐように父も落ちついた口調で話し始める。

「そうだな。潤が納得していない状態で会っても、ミセス・パートリッジも喜ぶまい。それに当事者を差し置いて事を進めるのもよくない。君のお父さんにしても、いろいろと考えがあったからお母さんには内緒で潤のことを調べていたのではないかな。ユアンくんは一度この問題を持ち帰ってご両親と話をして欲しい。その上で、近いうちに場を設けて皆で話そう」

泰生の説得と理にかなった父の説諭に、ユアンも心動かされたようだ。

「――わかりました。確かに、少し先走りすぎたかもしれません。不本意ですが、今日のところはぼくが引きましょう。直接ジュンに母のことを話せただけでよしとします」

あくまで強気な口調で言い切ったユアンだが、潤と目が合うとペリドットグリーンの瞳はどこか気まずげに泳ぎ、表情もさっと曇った。

「ユアン……？」

潤が思わず声をかけると、しかし一転ユアンはきつく睨みつけてくる。

「何ですか？　もうこれ以上話すことなんて何もないでしょう」

そう言われてしまうと潤も唇を閉じるしかない。元より、ユアンに何を問いたかったのか自分でもよくわからなかった。

「予定の時間もオーバーしたし――これで、話し合いは終了だ」

泰生が幕引きの声を上げた。

「ユアン、よかった……」

マネージャーを連れて姿を見せたユアンに、潤はホッと胸をなで下ろした。

「来てくれたんですか」

どこかもの憂げだったユアンの顔が驚きに染まり、そして一瞬だけへにゃりと唇が歪んだ。

翌朝、潤は成田《なりた》空港に来ていた。ユアンが今日イギリスへ帰国するからだ。

待ち合わせをしたわけではなかったため、すれ違わないようにずいぶん早い時間からユアンが乗る航空会社のカウンター前で待っていたが、実際会えてようやく安堵出来た。

昨日、衝撃の事実を知ったあと、潤は父との食事会をキャンセルしてそのまま家へ帰った。泰生までもが打ち上げパーティーを欠席して潤に付き合ってくれたのはとても申し訳なかったが、おかげで今朝は気分も少し復活している。といっても、昨夜泰生は潤と一緒にいてくれたが、特に何か話したり慰めたりしてくれたわけではない。潤が寝つくまで、ただただ優しいキスをしてくれただけだ。けれど、その気持ちが潤にはとても嬉しかった。

朝になって、ユアンが今日帰国することを聞かされると、潤はすぐに家を飛び出していた。

昨日の自分は本当にぼんやりしていて、ユアンが弟だと聞かされたあとはまともに話もしていないことに気付いたからだ。お別れも言っていないと思うと、いても立ってもいられなかった。

ユアンからは嫌いだと宣言されたし、最後はどこか気まずい雰囲気にもなったため、昨日の今日でユアンと再び顔を合わせるのは勇気がいったけれど、三日前――大学でユアンと一緒にすごした時間が楽しかっただけに、確執《かくしつ》を残したまま別れたくないと思った。いや、確執自体をどうにか出来るとは思わなかったけれど、とにかくじっとしていられなかったのだ。

あの時の――大学でのはしゃいだユアンの笑顔がまったくの嘘だとはとても思えなくて。

「えっと、ユアン……」

チェックインをマネージャーに任せてユアンは潤と向き合ってくれたけれど、いざ顔を合わせると潤は何を話せばいいのかわからなかった。

「もう帰国って、早いよね。あっ、でも今は学校だって休んでるわけだし、だったら今日帰っても遅いくらいか。えっと……何言ってるんだろ、おれ」

焦ってひとり慌てる潤を、ユアンはぼんやりと見つめてくる。

「今日の夕方に、晩餐会《ばんさんかい》の予定が入っているんです。仕事ではないんですが、プライベートだからよけい欠席が出来なくて」

ユアンの口調が昨日のような刺々しいものではなかったことに、潤は密かにホッとした。

「何ですって、ちょっと待ってください⁉」

その時、背後でマネージャーの声が聞こえた。振り返ると、マネージャーがチケットを片手に慌てている。潤はユアンと顔を見合わせてすぐに駆けつけた。

「どうしたんですか」

「あぁ、ユアンくん。それが、予約が一日違ってたみたいで――」

困り切った様子のマネージャーに、潤もユアンもぎょっとチケットを覗き見た。

イギリスの航空会社が発行した国際航空券には細々とした英字が印刷されていてわかりづらかったが、それでも日付はすぐに見つけることが出来た。記載されている日付は明日のもの。

つまり、明日の同便の予約なのだ。

「手配はすべてミズ・ブラウンに頼んでいたから、確認しませんでした――…」

どうやら手配ミスのようで、元マネージャーのミズ・ブラウンは最後の最後にまた問題を引き起こしてくれたらしい。チケットを預かっていたのもマネージャーなら、ユアンも確認のしようがない。

「あのっ、ぼくは今日どうしてもロンドンに帰らないといけないんです。今日の便へと変更がききませんか？　他の航空会社でもいいです」

焦った様子のユアンにマネージャーも頷く。カウンターのスタッフに訊ねてみるが、今日のロンドン行きの飛行機は満席で、空席待ちの受付ももう出来ないとの返答だ。ここ何日かヨーロッパは例年にない寒波に見舞われているらしく、各空港で欠航が相次ぎ、ロンドン行きに限らずヨーロッパへ向かう出発が決まっている飛行機は軒並み満席状態だという。

道理でターミナル内に人があふれているわけだ。

「どうする？　ユアンくん」

マネージャーは困ったようにユアンを見る。ユアンはこわばった顔で黙り込んでいた。

こういう時はどうにもならないんだろうか。何か、いい方法はないのかな。

潤は考えるが、飛行機などの乗りもの関連にまったく詳しくないために何も思いつかない。そうか。詳しい人に聞いてみればいい。

潤はスマートフォンを取り出すと、泰生へ電話をかける。が、すぐに留守電に回されてしまった。もしかしたら電源を切っているか通話中なのかもしれない。一応留守電に事情を吹き込んだが、コールバックしてくれるのを待つだけなのはつらい。

「ジュン、何をしてるの？」

スマートフォンをじっと見つめる潤に、ユアンが怪訝そうに声をかけてきた。

「いや、こういう時に何か方法はないかなって。おれは飛行機にあまり乗らないからわからないけど、よく乗っている人だったら何か裏技とか知ってるんじゃないかと思って」

「わざわざ聞いてくれてるんだ？」

ユアンは感じ入った声を上げたが、隣のマネージャーはどこか呆れた眼差しを送ってくる。そんな方法があるわけないと言わんばかりだ。冷めた目には臆しそうになるけれど、何もわからないからこそ絶対無理だとわかるまで努力したかった。そうでないと諦めがつかない。ショックな様子を隠せないユアンなど見ていられなかった。

しばらく待っても泰生からコールバックはなかったため、潤は確認のために『t．ales』の事務所へ電話をかける。電話に出たのは黒木だ。

『橋本くん？　どうしたの、こんな朝からいったい』

あの事件以降ずいぶん穏やかな口調で話してくれるようになった黒木に泰生の所在を確認すると、やはり上階のボス室で電話中らしい。笑い声も聞こえて楽しそうだし、しばらくは終わらないかもと黒木に言われてしまい、途方に暮れた。

いや、黒木さんがいるじゃないか。

潤は思い直して、黒木に相談してみる。

『裏技ねぇ。経由便はどうなの？　シンガポールとかのアジア乗り継ぎだともしかしたら――あ、ユアンくんは十四歳か。だったら直行便のドアトゥドアじゃないと心配ね』

黒木の言う通り、他の空港を経由して向かう案も考えられたが、所属するモデルエージェンシーの立場として未成年のユアンをひとり経由便に乗せることは出来ないらしい。ユアンは大丈夫だと主張したが、これればかりは仕方ないだろう。どちらにしろ、ヨーロッパへ向かう便は日本が出発地でなくても満席ではないだろうか。

『あとはコネかしらね。航空会社って、満席のときはあらかじめ予備席を確保していることがあるの。だから、政治家が無理を言って乗せてもらった話は聞いたことがあるわ。あと航空会社と繋がりの深い企業とか大株主とか、変わったところだとグランドスタッフの知人とかね』

友人にグランドスタッフがいたという黒木の話はずいぶん具体的だった。黒木の友人は、もう部署を移動して頼れないと申し訳なさそうに断られたが。

「いえ、教えてくださっただけで十分です。ありがとうございました」

潤は今聞いた話を元に、しばし考える。

一番頼りになるのは父だ。海外との取引を仕事としている貿易商だから何かしらツテがある可能性が高い。が、父の会社で取り扱っているのは高級家具やインテリア、建築資材などで、輸送は船舶が主だ。飛行機とどのくらい関わっているかは、潤にはわからなかった。

それに、こんなことをお願いするなんて迷惑に違いない……。

スマートフォンを見つめて逡巡《しゅんじゅん》する。が、傍で心配そうに潤を見守るユアンに心を決めた。

「お仕事中に電話をしてすみません――」

仕事中の電話のため冷たく対応されるかと覚悟したが、父は驚くほど優しい声で話してくれる。昨日話を聞いて、父もずいぶんショックを受けていたようだが、十九年という時間が父の心を癒やしてくれたのか、愛する妻だったアイラのことも最後は穏やかに聞いていた。今朝も、父の声はいたって普段通りだ。

『そうか。ユアンの見送りへ来ているのか。その……昨日はちゃんと眠れたのか？』

「はい、しっかり寝て今日は気分もいいです。昨日は夕食をキャンセルしてごめんなさい」

『大丈夫ならいい。食事はまたいつでも行けるからな。それより、ロンドン行きのチケットか。航空会社に知り合いはいるが貨物部門だから、こういう非常時にどれだけ頼りになるか』

電話の向こうで考え込む父に、潤は唇を噛む。面倒なことをお願いしてと詫びると、一転して、すぐに反応が返ってきた。

『いや、誰かいないか当たってみよう。イギリスの航空会社は無理でも、日本のだったらもしかしたら——あぁ、あの人がいたな。少し時間をもらう。ダメでもともとという気持ちで待っていなさい』

思い当たる節があるような口ぶりに、潤は少しだけ希望が残った。電話を切ると、思った以上に緊張していたようで口からはため息がこぼれ落ちていた。

父にこういう無理なお願いをするのは初めてだったからかもしれない。

泰生からはまだ連絡は入ってこない。飛行機の手続き締め切りまではまだ時間はあるが、タイムリミットがあるだけに少々焦る。

しばらくして、他の航空会社を回っていたマネージャーが戻ってきた。今のところロンドン行きの直行便で就航が決まっているのは四社ほどだが、やはりどこも満席で、ひとつだけキャンセル待ちを受け付けてもらえたらしい。が、今日の搭乗は不可能に近いと言われたという。

ユアンはため息をついて自らのスーツケースに腰を下ろす。

その時、潤のスマートフォンが着信を知らせた。あまりに慌てすぎて取り落としそうになりながら確認をすると、なぜか予想外の人からだった。

「もしもし、おじさま?」

『やぁ、私の愛しい方の息子の潤くん。水くさいな、どうして私を頼ってくれなかったんだい?』

耳に心地のいい声は、泰生の父である幸謙《こうけん》のものだ。

「え、え、あの……?」

『今日の、満席のロンドン行きのチケットが欲しいんだって?』

幸謙のセリフに、潤ははっと息をのんだ。

「はいっ、そうです!」

『だったら、今度から一番に私に電話しておいで? 私だって潤くんにお願いと言われてみたいよ。さぞ可愛かったんだろうね。あの正くんが慌てふためいて私に電話してくるんだから』

「……正くん？」

『君のお父さんだよ。そんな彼も可愛かったけどね、ふふ。でも、悔しかったから返事は私が直接潤くんにすることを条件にしてやったよ。今頃ずいぶん残念がっているんじゃないかな』

なんて返事をすればいいんだろうか。

ユアンやマネージャーが食い入るように見つめてくるが、潤はそっと目を逸らしてしまった。

『さて、潤くん。運がよかったね』

「はいっ」

幸謙の声が明るく響き、潤はドキドキしながら相槌《あいづち》を打つ。

『ちょうど今日の便でロンドンへ飛ぶ部下がいてね。特に急ぎではないから、彼の分を潤くんの大事な友人へ回してもらうように手配しよう』

「いいんですか？　ありがとうございますっ」

思わず涙ぐんでしまった。

頼んではいたが、実際無理かもしれないと思い始めていたときだった。ヨーロッパ行きの空席待ちのアナウンスがひっきりなしに流れるのを聞いたり乗れない人たちがカウンターに食ってかかるのを見たりして、飛行機の席を取るのがどれだけ大変かようやくわかったためだ。

無理なお願いをしてしまったと申し訳なかったし、それを叶えてくれた幸謙には感謝の言葉ぐらいでは足りないと思った。

『嬉しいね、そんな声が聞けて胸が震えるようだよ。これは泰生にも自慢出来るな、ザマーミロだ。ふたりに同時に貸しが出来たのも大きい。私の方が潤くんに礼を言いたいくらいだよ』

「えっと、泰生ですか？　あの、もしかして泰生からも？」

留守電に入れたメッセージを聞いて、動いてくれたのか。

『そう。正くんからの電話のあとにかかってきたよ。今すぐロンドン行きを一席どうにかしろってね。お願いしているのに、あの太々《ふてぶて》しさは何なんだろうね。でも、あの泰生が私にお願いをしてくること自体奇跡だからね。私も結構満足しているんだけど』

それを聞いて、唇が緩む。

泰生は父のことを敬遠気味だが、父である幸謙の方は泰生を案外可愛がっている。

『それにしても、潤くんは愛されてるね。ふたりからほぼ同じタイミングでまったく同じ頼みごとをされるから驚いたよ。あぁ、もちろん私も潤くんのことは愛してるよ。早くうちに嫁いできなさい』

席を譲り受ける手続きを説明してくれたあと、幸謙は楽しそうに話して通話を終わらせた。

苦笑してスマートフォンを耳から外すと、潤は返事を待っていたユアンにしっかりと頷く。

「今日の飛行機で帰れるから。大丈夫、安心して――」

その言葉に、ユアンは泣きそうに顔を歪めた。じっと見つめてくる目には、さまざまな感情が浮かんでいる。安堵だったり感謝だったり、嬉しさだったり後悔だったり。

しかし今はのんびり話すより、締め切りが迫る搭乗手続きを先にするべきだ。

「手続きが必要なんだ。実は航空会社が変わるんだけど、それは大丈夫？　時間も十五分遅くなるんだけど。とりあえず、歩きながら話そうか。チェックインカウンターへ急ごう」

変更先の航空会社のカウンターが同じターミナルにあるのはさいわいだ。マネージャーからユアンのチケットを受け取った潤は、忙しく働くカウンターのスタッフに歩み寄った。

「す…みません。橋本と言いますが、スーパーバイザーの千田《せんだ》さんはいらっしゃいますか」

すぐ後ろに立つユアンの存在に、潤は気持ちが奮い立つ気がした。


『――そうか。無事チェックイン出来たのなら、いい』

父にお礼の電話を入れると、穏やかな返事が返ってきた。

泰生にも電話をかけたのだが、また留守番サービスへ回されてしまった。午前中に幾つか来客があると言っていたので、そのせいだろう。今度もメッセージだけ吹き込んで、改まったお礼は帰って直接言うことにする。

そして、父は潤からの電話を待っていたようだ。

「本当にありがとうございます。それと、大変なお願いをしてすみませんでした」

『構わない。それに、私の力で成し遂げたわけでもないからな』

「そんな、父さんだから榎木《えのき》のおじさまもあんなに早く動いてくださったんだと思います」

息子である泰生にお願いされたのもあっただろうが、父とはずいぶん仲がいい幸謙だ。ふたりからの頼みごとだったからこそ迅速に動いてくれた気がする。

『――うむ。おまえからの初めてのお願いだからな。叶えられてよかった。また何かあったらいつでも電話してきなさい。存外悪いものではない。何だったら、今すぐでもいいぞ。何か欲しいものはないか？』

何だろう。父の声が気のせいかうきうきしているように聞こえる。

「いえ、今のところは何も――」

だから、そう返事をするのが何となく申し訳ない気持ちになった。案の定、電話の向こうからは沈黙が返ってくる。

「あのっ、今日のことは本当に嬉しかったし。だから、もうこれ以上のわがままはっ」

『そうだな。他人のためにならば、潤も頼みごとが出来るようになったことを評価するべきか』

「――他人のためじゃないです。ユアンはおれの弟ですから」

潤が言うと、はっと息をのむ声が聞こえた。

『潤はそう思うか。そうだな。ユアンくんはおまえの弟か』

何度も噛みしめるように呟いた父は、今度またゆっくり食事をしようと約束を交わして通話を終わらせた。ふっと息を吐くと、電話が終わるのを待っていたらしいユアンと目が合う。

シャツとツイードのパンツにピーコートを着たユアンはさすがモデルといった端整なスタイルで、その美少年ぶりもあわせて抜群に目立っている。

今の――日本語で話していた父との会話の内容はわからなかっただろうが、ユアンの名前を口にしたのは聞き取れたのかもしれない。何か言いたげに潤を見つめていた。

「もう手続きは全部済んだ？」

「はい。ジュン、本当にありがとう。それに――」

声をかけられるのを待っていたように勢い込んで話しかけてきたユアンは、しかし礼を口にしただけで言葉を途切らせてしまう。何度か口を開きかけたが言葉は出てこなかった。潤はユアンが話すのを根気強く待つ。

「昨日、ぼくはジュンにひどいことばかり言ったのに、どうして助けてくれたんですか？　今日も見送りに来てくれるなんて思わなかった」

うなだれて立つユアンに一歩近付いて、潤はすぐ近くにある緑眼を見上げた。

「昨日はお別れも言えなかったし、あのまま離れ離れになるのは嫌だなって思ったんだ。それに、困ってるユアンを見たらどうにかしてあげたいって思うのは当然だよ。おれの方こそ、昨日は混乱してまともに会話が出来なくてごめんね」

「そんなことないっ。悪いのは本当は全部ぼくの方だ。ジュンは母の消息もパートリッジからの連絡も知らなかった。突然あんな風に話を聞かされて、責められて、混乱しないはずがないんだ。もしぼくがジュンの立場だったら、とても話を聞くどころじゃなかった」

「ユアン、ユアンっ」

「なのにぼくはっ、そんなこと想像も出来なくてっ、ただ一方的にジュンばかり責めてっ！」

強い口調で言葉を句切って話すユアンは、どれだけ重いものをずっと胸の内に秘めてきたか。

喉の奥から絞り出すような声も、ユアンのつらさをひしひしと伝えてくる。

「ユアンっ、もういいからっ！」

潤はユアンの腕をぎゅっと摑んで、ユアンの懺悔《ざんげ》を止める。とても聞いていられなかった。

まだ幼いとも思える甘い顔立ちが切なく歪んでいる。震えている頰にそっと手を当てるとひどく冷たく感じた。

「ユアンも苦しかったんだよね？」

昨日のことを振り返ると、潤を責め立てていたときのユアンは憎しみや恨み以上に深くて大きな苦しみを纏《まと》わせていたように思えた。あの時は自分がいっぱいいっぱいで何も出来なかったけれど、今全身で苦しいと叫んでいるユアンを自分こそが和らげてあげたいと強く思った。

頼りないけれど、味方がいるよと伝えたい――――。

昨日のあの時、ユアンがひとり強がるような姿が強烈に潤の印象に残っている。

潤には泰生と父がいてくれたけれどユアンは違った。優雅にソファに座ってはいたが、ユアンは細い体を懸命に伸ばして、たったひとりで潤たちに対峙していた。

もちろん、ここが潤のホームタウンの日本ということもあるけれど、昨日のユアンからははっきりとした孤独の影を感じた。

「母が苦しんだのと同じくらい、ユアンも苦しんだんだよね？」

ユアンはこれまでもそんな風にひとりで頑張ってきたのではないか。

ユアンがどのように育ってきたのか潤にはわからない。自分と半分だけ血の繋がった兄を思って嘆く母親に甘えることは出来ただろうか。寂しさを口にする機会は与えられたか。いや、賢いユアンだ。母親の負担になることを厭《いと》い、自分の気持ちは押し殺してしまったのではないか。だからあんなにも、心の内に苦しみを積み重ねていったのかもしれない。

家族がいるのに孤独に立ちつくすユアンが、もうひとりの自分のように思えてならなかった。

「大好きなお母さんが苦しむ姿をずっと傍で見ていて、優しいユアンが苦しまないはずがないんだから」

陶器のようになめらかな頬をそっと撫でると、潤の手に熱い雫《しずく》がこぼれ落ちてくる。あっと思ったときにはユアンにきつく抱きしめられていた。

「ユアン——…」

子供のような泣き声だった。潤より背は高いし腕だって潤を抱いて余るほどに長いのに、まるで小さな子のように慟哭《どうこく》して必死にしがみついてくる。むせび泣く背中をそっとさすってやると、その背はひどく頼りなかった。胸板も潤と同じほど薄い。

まだ十四歳なんだ……。

ユアンの年齢を今ほど痛烈に感じたことはなかった。

「ユアン、ユアン。何かあったらいつだって連絡してきて？　何時だっていいよ。つらくなったときや悲しいとき、困ったことがあればおれのことを思い出して欲しい。おれはいつだってユアンの味方だから」

潤が言うと、腕の力がますます強くなる。少し痛いほどの力だが、潤は何も言わなかった。

それでも、ユアンが泣いていたのはほんの数分だ。顔を上げたとき、ユアンの目は真っ赤だ

ったがひどく決まり悪げで少し恥ずかしげだった。

ぎゅうぎゅうと抱きしめられたせいで乱れたらしい潤のダッフルコートやシャツの襟元を照れたように整えて、ふわふわと落ち着きのない髪も丁寧に撫でつけられる。そのしぐさだけを見ると、スマートな大人にしか思えない。

「もういいよ」

泰生にはよくされるしぐさだが、自分より五歳も年下の弟にされると妙に恥ずかしい。ユアンは不服そうに唇を尖らせたが、ゲートへと案内を促すアナウンスを耳にして姿勢を正した。

「昨日のこと、やっぱりちゃんと謝らせて欲しい。ひどいことをいっぱい言って本当にごめん。昨日のうちに謝るべきだったのに、最後まで気持ちが突っ張ってしまって嫌なことを言ったよね。すごく後悔したんだ。もうジュンは笑ってくれないかもって思うと悲しくてたまらなかった。前のことも――ジュンがぼくをホテルから連れ出したなんて嘘をついてごめんなさい」

「うん。謝罪は確かに受け取ったから」

潤が浮かべた笑顔を見て、ユアンはもう一度泣きそうに顔を歪めた。今度は泣き笑いに近いものだったけれど。

「ユアンくん、そろそろ――」

これまで外してもらっていたマネージャーが近付いて来る。タイムリミットらしい。マネージャーの声に頷いたユアンは、時間が惜しいように急き込んで話し出す。

「ジュン、昨日言ったことは嘘だから！　ジュンのこと、嫌いなんかじゃない。大学へ遊びにいったとき、ジュンと一緒に授業を受けられて楽しかったし一緒にランチ出来たのもとても嬉しかった。もっともっとしゃべりたかったし遊びたかった！　ジュン、本当は大好きなんだ」

「うん、おれもユアンが好きだよ」

泰生以外の人間に『love《ラブ》』という言葉を使う日が来るとは思わなかった。照れくさかったし恥ずかしかったけれど、言葉はスムーズに潤の口から滑り出る。ようやく心から笑ってくれたユアンに言ってよかったと思った。

マネージャーの再三の促しに手を挙げると、ユアンは少し神妙な顔を作る。

「今後――ジュンのこと、兄と思ってもいいですか？」

「うん。おれはとっくにユアンのことを弟だと思ってた……よ」

勝手にそう思っていたことを赤くなって申告すると、ユアンはぱっと破顔した。その笑顔を壊したくはなかったけれど、潤は最後にどうしても伝えておきたいことがあった。

「ユアン、母のことだけど――やっぱり気持ちを整理する時間が欲しいんだ。本当にごめん。でもっ、きちんと答えを出すからもう少しだけ待ってくれないかな」

ユアンから何か言われるかと思ったが、彼は静かに頷いただけだった。

最後にユアンに請われて、潤は彼と連絡先を交換する。

そこからは慌ただしく出発のときとなった。マネージャーは同乗しないため、確実にユアンを飛行機に乗せるために早めに搭乗ゲートへ送り込みたいらしい。

「それじゃあ、ジュン――……ううん、ぼくの愛しの兄さん。またね。日本にまた必ず来るから。絶対会いに来るね！」

晴れ晴れとした顔で手を振って、ユアンは機上の人となった。

エントランスの扉が開けられる音に、潤は一目散に玄関へ駆けていく。

「泰生っ、お帰りなさい」

「おう……いったいどうした？」

「ユアンのこと、今日はありがとう。本当に助かりました。携帯にメッセージは入れたけど、やっぱり直接言いたくて」

勢い込んで潤が言うと、泰生はようやく腑に落ちた顔をする。

「聞いた。あぁ、なるほど。ユアンと和解出来たのか」

「どうしてわかるんですか⁉」

「わかるに決まってるだろ」

すごいと見上げる潤の頬を、泰生が苦笑して両手で引っ張る。

「ひひゃい……」

「昨日とは一転、こんな満面の笑みを浮かべて。ユアンとよほどいい話が出来たとしか思えねぇだろ。おれ以外の男が原因で、んな顔をされるとすっげぇむかつくけどな」

笑いながら、潤の頬を上下左右にとおもちゃみたいに動かす泰生に抗議の声を上げた。

「はにゃひへくでゃひゃい～」

「何言ってんのかわかんねぇのにわかるってすげぇよな。愛か、愛だよな？」

今の時点で潤が言うことは「離してください」以外ないと思うのだが。それでも潤の気分はよくて泰生の機嫌も悪くないなら、こういうのもいいかもしれない。

「ひどいです。ひりひりします」

「そんなに強く引っ張ってねぇだろ。ちょっと、見せてみ？」

やっと離してもらった頬に両手を当てて睨むと、泰生はコートを脱ぎながら振り返ってくる。手を外して見せると、形のいい眉がひょいっと上がった。

「見ろ、赤くもなってない。ひりひりするってのは――」

おもむろに言って、泰生が潤の首筋に顔を埋める。すぐに首のつけ根に吸いつかれた。

「ひゃあっ……っ、やっ……そんなにきつく吸ったら痛…ぁいっ」

「――ん。ほら、こんくらいの痣《あざ》が残ってから言え。ひりひりするだろ？」

ぺろりと唇に赤い舌を滑らせる泰生は、子供のように得意げだったが。

ぴかぴかと光るメタリックな壁には歪んだ潤の姿が映っているが、その首筋に赤いキスマークが浮かんで見えるのは気のせいじゃないだろう。

明日からしばらく首が隠れる服を着ないと……。

がっくりする潤を残して、泰生はさっさとバスルームへ入っていく。しばらくして鼻歌を歌いながら泰生がリビングに戻ってきたが、ソファに座った潤は大きなクッションを抱えたまま振り返らなかった。

「何だよ。拗《す》ねてんのか、潤――？」

「ひゃんっ」

パジャマの背中をすっと指で撫で上げられて潤はたまらず声を上げてしまう。

「もうっ、もうっ」

「何だよ、牛か？　うちの宇宙プラントでは牛も飼ってたか」

「泰生っ」

「ははは、悪かったって。おまえが可愛かったからついな。んで、ユアンはなんて言ってた?」

機嫌を取るように隣に滑り込んできた泰生は、潤の肩へ両手を回すと引っ張るように抱きしめてくる。なかば泰生の胸に倒れ込むような格好だ。風呂上がりの泰生の体はホッと温かいし、話したいこともいっぱいあるため、潤は唇を緩《ゆる》めると一番嬉しかったことから報告する。

「ユアンが、嫌いと言ったのは嘘だって、本当は大好きなんだって言ってくれたんです。おれのこと兄と思ってもいいかって!」

「だろうな。あの懐きようで嫌いはないだろ。脱走事件のときにしても昨日のことにしても、恨んでいると口にしながらも、潤の一挙一動にしっぽをぶんぶん振り回してたじゃねぇか」

「しっぽ……?」

「ありゃ、とんだ甘えたになるぞ。潤、今から厳しくしとけよ。ワンコロにはしっかりとした躾《しつけ》が必要だ。甘やかすだけが愛情じゃねぇからな」

「ワンコロって、もしかしてユアンのことですか」

言われてみると、猫というよりは確かに犬系かもしれない。

それも、血統書つきのお行儀のいい犬かな。なんたってイギリス子爵の子息なんだから。

想像しかけて、潤は慌てて首を振った。人を犬扱いするなんてひどすぎる。

「それよりっ、今日は本当にありがとうございました。携帯電話の留守電にメッセージを入れてただけなのに、知らないうちにおじさまに連絡までしてくれて」

「あぁ、黒木からも言われたからな、潤が困ってるみたいだって。あいつとも話したんだろ？黒木も何か出来ないかっていろいろ動いていたみたいだから、今度礼を言っとけよ？」

電話のときも親身になってくれたのに、その後も潤のために動いてくれていたのか。最初の取っつきにくい印象とは裏腹に、ずいぶん情の深い人のようだ。

「あの、おじさまには何か改めてお礼をした方がいいでしょうか？ 今日席を譲っていただいたおじさまの部下の方にも、何か——」

「ん？ オヤジはなんて言って席を融通してくれたんだ？」

潤が幸謙に言われた内容を説明すると、苦い顔をしてため息をつかれた。

「あの狸《たぬき》は本当によく頭が回るぜ。部下の話、それ嘘だぜ。そう都合良く今日の便でスタッフがロンドンへ行ったりしないって。航空会社にねじ込んだなんて言ったら、潤の腰を引けさせるとでも思ったんだろ。潤の前ではえらく優しい『おじさま』を演じてるみたいだし？ だがあいつの本性は、人当たりはいいくせに恐ろしいほど押しの強い狸だからな」

泰生は幸謙のことを悪く捉えすぎる気がした。部下の話が嘘だとしたら、それは潤が必要以上に気にしないためのようにも思えるのだが。

「とにかく、礼はおれからしとくから潤は何もしなくていい。下手に潤があいつと接触を持ったら、いいように丸め込まれるのがオチだ。気付いたら、あいつの息子になってたなんて展開はごめんだぜ。あの狸も潤のことは珍しく気に入って可愛がってるしさ。嫌だからな？　潤とユアンじゃないが、おれと潤も兄弟になるってのは」

泰生のセリフには思わず噴き出した。

でも、泰生のことを兄さんと呼べるのは結構羨ましい立場かもしれない。

一瞬だけ魔が差したが、泰生と恋人同士の方が毎日好きなだけ抱きしめてもらえるし、キスもそれ以上のことも出来るのだから比べるものではないに決まっている。

「泰生は変なことを考えますね」

潤はゴホンと咳払いをしてごまかすように口を開いた。

「あり得ないことじゃないからな、あの狸は。だから用心に越したことはない」

変に体を曲げて倒れ込むような体勢が少し苦しくて、潤は腕を解いてもらい泰生の隣に座り直した。もちろんぴたりとくっつくようにだ。

「あの、泰生は何も聞かないんですか？」

昨日から、泰生は母のことについて何も聞いてこない。その気遣いは嬉しいが、反面申し訳なさと後ろめたさを覚えていた。

まだ泰生に話せるほど気持ちの整理はついていないけれど、自分の中に秘めているだけの今の状態は、恋人であり家族である泰生に秘密を抱えていることになるのではないか、と。もし反対の立場だったら、自分は泰生に話を聞き出そうとする気がする。相手のことが心配でいても立ってもいられないという自分の心の平穏のために。

泰生は神妙な顔をする潤をちらりと見て口を開く。

「聞いてもいいのか？」

自分で言ったにもかかわらず、泰生からそう訊ね返されると潤はうろたえた。

「えっと………」

話しやすいように唇を舌で湿らせるが、何度口を開いてもやはり言葉を紡ぐことは出来なかった。何か言わなくてはと焦る潤に、泰生は「もういい」と頭を撫でてくる。

「おまえの母親に関しては、おまえの中に結構なトラウマがあるっておれは知ってるからな。覚えてるか？　前におまえをパーティーへ連れていこうとして勝手に髪の色を変えたとき、おまえパニックを起こしたろ？　母親に似ているってハサミを振り回してさ」

「そう……ですね」

栗色の髪は母を思い出させる。以前まだ泰生と付き合ってもいないとき、泰生から髪の色を変えられたことがあった。鏡に映った自分の姿が写真で見た母の姿そっくりで恐怖を覚えたことは、潤の胸にも苦く残っている。

「他にも、おまえって普段母親のことは一切口にしないよな」

「……うん」

「おまえの中で母親の存在は何かしらあるんだろうなと思ってたところで、昨日これまで聞かされていた母親像とまったく違う事実を知らされたら、相当混乱するのはわかる。昨日の段階で、今は会えないと答えを出したことさえおれはすげぇと思ったぜ。出会った頃のおまえだったら、前のとき以上におかしくなってたんじゃねぇ？」

泰生の言葉に潤は頷く。

でも、それは……。

「泰生がいてくれたからです。泰生が、あの時傍にいてくれたから」

「あぁ、だからそれでいいんだよ。おまえが心の中のことを口に出せないってのは、今は考えるときなんだろ。んで、おれは何があっても潤の隣に必ずいる。何か言わなくても傍にいるだけで潤の力になれるんならな——って、おれの威力ってすごくないか？」

泰生の自慢げな声に、潤は笑みがもれた。小さく鼻もすする。

強引で奔放で意地悪で、でもひどい過保護で世話焼きで——泰生のことはもうだいぶんわかっていたつもりだったのに、こんな大きな人でもあったのだと初めて知った気がした。

愛おしさが胸いっぱいにあふれて切ないくらいだ。

「うん、すごいです。泰生はいてくれるだけでおれの力になります」

しめった声になったことに、泰生は気付かないふりをしてくれるようだ。潤の頭などひと摑み出来そうな大きな手で優しく撫でてくれる。

「だが、おまえが何か決めたときに一番に聞くのはおれだからな。間違っても、ユアンやオトーサマに先に言ったりするなよ？」

しかも、最後には嫉妬のポーズまで見せて潤を嬉しがらせてくれた。

「はい。おれには泰生が一番ですから」

「ふぅん？　なら、それを今から証明してもらおうか」

泰生の声が低く響く。見ると、唇を歪めるように官能的に引き上げていた。危険な匂いのする笑みは艶やかで潤の背筋を簡単にくすぐっていく。

潤は熱くなった頰を押さえながら恥ずかしげに頷いた。


寝室は他とは違って艶消しのメタリックの壁で少し落ち着いた雰囲気だ。が、天井にはめ込まれたライトやヘッドボードもないシンプルすぎるベッドは、部屋をことさら殺風景に見せる。

ベッドシーツも金属的なブルーというのも相まって、リビングとは違った意味でまさに宇宙船の内部のようだ。

「うん、あっ……ぃやっ」

そんな中、潤はキングサイズのベッドの上で快感に身悶えていた。

「…ん、こーら、何休んでんだよ？　ちゃんとご奉仕するんだろ？」

足下から甘い叱咤《しった》の声が飛んできて、潤はぶるりと体を震わせた。両手に持っていた熱に舌を伸ばす。猫の子供がミルクを飲むような音を立てながら、茎を舐《な》め上げていく。

「っ…、舐めるだけかよ？　あーんして咥《くわ》えてくれねぇの」

言葉は可愛いのに、内容はかなり卑猥《ひわい》だ。しかしそんな言葉に潤は唆《そそのか》され、口を大きく開けてしまった。顎を持ち上げて、上から泰生の欲望を飲み込んでいく。

「ん……っふ、んんっ」

口の中いっぱいに含んだ泰生のそれは、怒張と呼ぶにふさわしい逞しさだ。

口淫はあまりしない潤だからどうしても動きはたどたどしくなるけれど、それでも方法くらいはもう知っている。ゆっくり頭を上下させて泰生の欲望を、口の中と唇とで擦るのだ。

「う…ん……っふ」

唇にも口の中にも性感帯と呼ばれる場所があるのを、潤はいつもこの行為で思い知らされる。

泰生の屹立《きつりつ》を含んでいるだけなのに、潤の体の奥にはほっと情欲の炎が灯るのだ。張った先端で柔らかい口蓋《こうがい》を擦られると、炎は潤の肌の上を舐めるように駆け回り、体の中ではメラメラと音を立てて燃えさかり始める。

「んんっ、やぁっ……っ、ぅ、くぅ……んっ」

しかも同時に潤の下肢を好き勝手に弄られてしまうとたまらなかった。潤は含んでいた怒張を吐き出して大きく呻く。泰生の腿《もも》に額を埋めて、背中をビクビクと痙攣させた。

「も……、む…り……ぃ」

潤の中で泰生が一番だと証明するために、泰生に心を込めてご奉仕することにしたのだが、提案されたセックスの妙技のせいで、うまくいかずにいた。

泰生が気持ちよくなれるようにと潤は勢い込んでキスから始めたのに、泰生は微笑ましい表情で潤を見下ろすばかり。泰生の欲望はかろうじて反応してくれていたが、潤のぬるい愛撫ぐらいでは泰生をよがらせることは出来ないらしい。だったらと、満を持して口淫を始めたところで泰生に待ったをかけられてしまった。

『潤、足をこっちに向けろよ。舐め合いっこしようぜ、シックスナインだ』

言われて、意味がわからず戸惑う潤の体の向きを強引に変えさせたのだ。

泰生の体と逆向きで上に乗り、互いの欲望を舐め合う行為をシックスナインと言うらしい。

数字の六と九が向かい合う図を想像させられ、泰生に嬉々として教えられた。あまり知りたくない言葉だったけれど。

最初、言われた通りに仰向けに寝そべる泰生の上に乗って愛撫の交歓をしていたが、身長差があるせいでうまくいかない。なので、お互いベッドに寝転ぶ形で再スタートさせた。それでも背中を丸めることになる泰生は大変そうだったが。

「潤、休むんじゃねぇよ」

与えられる快感に喘ぐだけの潤に、泰生は軽く腿を叩いて叱りつけてくる。

「ぁうっ、ご…めんなさい、ぁ、あっ…でもっ」

快感に弱い自分が、巧みな泰生に愛されながら口淫をするのはとても難しいことであるのを、始めてすぐに気付いた。

何より、今のこの体勢が恥ずかしすぎる。いつも見られてしまう場所とはいえ、ここまであからさまな格好をさせられると、恥ずかしさに潤はベッドの上でのたうち回りたくなった。

「お…おれはっ…本当にいいから、泰生だけ……ぅあんっ」

だから何度も泰生にそう訴えるけれど、意地悪な泰生がやめてくれるわけがない。

どころか。

「こんな楽しいこと、おれがやめると思うか？　ほら、楽してないでフェラしろよ」

傲岸《ごうがん》にそんな風に言い放った。

「だっ……たら、さ…わらない…でっ、ぅやっ、ゃあ…だっ」

潤の下肢で泰生が蠢く。すっかり頭をもたげている潤の屹立を舐めしゃぶるばかりか、たっぷりゼリーを使って後孔にまで愛撫を加えているのだ。全身が蕩《とろ》けるような快感に苛まれて、とても泰生の熱を愛撫するどころではない。

「っふ。ん…おれに心を込めてご奉仕するんじゃなかったのか？　おれが一番だってわかってもらうんだろ。おれだって、潤にわかってもらおうってやってるんだぜ？」

無理だと思っても、ダメだとわかっていても、泰生にそんな風に優しく鼓舞されると、もう少し頑張りたいと思ってしまう。

わななく唇を舌で湿らせて、ぶるぶる震える腕で体を支え直した。

そうだ。泰生におれの思いをわかってもらうんだ。

かろうじて両手に持ったままだった欲望にカプリと噛みついた。先端をちゅと吸ったあと、舌であめ玉をしゃぶるように転がす。

「っ…くぅんっ――…」

口に含むと、泰生の屹立はさらに質量を増して潤を甘く苦しめた。

「っん……その調子。いいぜ、潤」

体の深いところで今やとぐろを巻いている情欲の炎は絶え間なく潤を苛み、呼吸さえ奪っていく。潤む視界は迫り来る愉悦にときおり白く爆ぜ、潤の指先は熱く痺れていった。

自らがそんな状態で泰生を気持ちよくさせられているかと不安だったが、ときに恋人の口から満ち足りたようなため息が聞こえてくるのが本当に嬉しい。

しかし体いっぱいに満ちた情火は、頭の中まで蝕《むしば》んでいくようだ。泰生を気持ちよくさせたいという意識や理性さえ剝《は》ぎ取り、ただただ快感を求めるだけの獣へと潤を貶《おとし》めようとする。

「っは……すげぇ興奮する。潤も気持ちよさそうだな」

「んうっ」

泰生は呟いて潤の熱を指先で弾いた。

その瞬間、目前で火花が散る。ガクガクと腰を揺らして甘い責め苦に身悶えた。そんな潤に、泰生は喉に絡んだような声を出す。愛おしげに潤の屹立に今度は優しくキスをした。

「おまえ、すげぇ可愛い」

両手で薄い臀部《でんぶ》を揉まれると潤の腰は淫らに波打ち、指先で甘くなぞられて腿が痙攣する。入り口をほぐす程度だった秘所にとうとう指を入れられてしまい、潤は泣きたくなった。小さく首を振るが泰生には見えていないのか、指は内部をかき回すような動きさえ始めてしまう。

「ふ……っ、くぅ…ふ……んっ」

泰生の指は水音を立てながら出たり入ったりを繰り返す。指の向きを変えられたり深さを測るようにスローな動きになったり。その度に潤はびくびくと体を震わせてたえるけれど、指を二本に増やされて内部を開かれ始めたとき、たまらず音を上げてしまった。

「ぁう、泰…生、も…もぅ、ごめ……ごめ…っなさぃぃ…」

ごめんなさい。許して欲しい。もうダメだ――。

ぽろぽろと涙をこぼしながら潤は訴える。

気持ちよすぎて頭の中がぐらぐらした。腰の奥はじんじんと熱い疼きを訴えており、前の熱は弾けんばかりに育っている。が、泰生が先ほどから微妙な加減で潤の欲望をコントロールするせいでよけい苦しいのだ。

泰生に奉仕したいという気持ちは本物なのに、快感に弱い体のせいで少しも実行出来ない。

「あー……」

泰生が困り切った声を上げるのを聞いた。すぐに起き上がると、潤の腕を摑んで抱き起こしてくれる。快感に蕩けきった体はくにゃりと泰生の腕の中に収まった。

「悪ぃ、やりすぎたな。おまえの泣きそうな顔に興奮してつい加減を忘れた。けど、泣いているおまえに今すぐ突っ込みたいほど欲情するって、やばいよなぁ。キチクだぜ」

潤の首筋に唇を押しつけて、泰生が呻く。

熱い唇と、それ以上に熱い吐息を首筋の薄い皮ふに感じて、潤は無意識に体を震わせていた。涙はいつしか止まり、今潤んでいる視界はきっと突き上げてきた官能のせいだ。

「ん、は…ふっ……、泰…せ……」

もじもじと潤の方からも泰生にしがみつくと、意をくみ取ってくれた恋人は小さく笑った。

「ったく、おまえってヤツは。いつかおれに騙《だま》されるぜ」

体を離して愛おしげに覗き込んでくる。眼差しは優しかったが、その瞳ははっきりと欲情に濡れていて、潤の体にじんと新たな悦びが浸みてきた。

「ま、騙さないけどな。一生大事にするし」

派手な音を立ててキスをすると、泰生は潤の体をベッドに俯せに寝かせる。

「今おまえの顔を見ると暴走しそうだから、最初は後ろからな。足はこっち――」

快感に蝕まれて言うことを聞かない体を、泰生が手伝って動かしてくれた。

腰だけを高く持ち上げた獣のような四つん這いの格好に潤が頬を熱くしたとき、腰の奥に猛った熱が押しつけられる。

「あ、ぁああっ」

甘い予感に体を震わせたと同時に、泰生の欲望がゆっくり入ってきた。甘い凶器に、熱い蹂躙《じゅうりん》に、潤はシーツに取りすがりながら高い悲鳴を上げる。

「っは……、すげぇ締まる」

ざっと背中から首筋にかけて肌があわ立ち、腰の奥がじいんと痺れた。

「ん、んっ……や、ゃ」

泰生の手が腰骨を摑み、ゆっくり動き始める。最初はゆるゆると前後するだけだったが、潤の声が甘みを帯びるのを聞くと本格的に突き上げ始めた。

張った先端は潤の熟れた肉壁を押しつぶす勢いで道筋を作っていく。先ほど潤が感じた腰の痺れを泰生も感じ取っていたみたいに、泰生の熱塊は深部へと這いずっていった。

「いやっ……深…いぃ」

最奥を突かれて、潤はぐんっと背中を反らせた。震える膝がシーツを滑って体勢を崩しかけるが、腰を摑んだ泰生の手は難なくフォローする。

「ん、あ……あぅっ、ぃっ」

腰の奥に生じた快感の塊《かたまり》に怒張が直接突き刺さっているような圧倒的な愉悦に見舞われて、潤は何度も首を振った。突き上げる疼きにじっとしていられなかった。

「ぁ、だ…めっ、だ……め…ぇっ」

まだ挿入されて間もないのに、これまでずっと快感を長引かせられていたせいか、潤の欲望はとろとろと涙を流して限界を訴えていた。

「あっ、た…ぃせ、おかしく…なるっ」

「っぅう、ヒクヒクさせやがって、一緒にいかせるつもりかよっ」

「ぁうっ、あ、あっ……っ、ぁああっ」

泰生が怒ったように抜き差しを激しくする。ひときわ深い部分を突き刺されたとき、キンっと鋭い音が頭の中に響き、聴覚が一瞬だけ壊れた。

「ん、ん……」

忘我の境にいた潤だが、聴覚が戻ってくると、背中の泰生も荒い息をついていることに気付いた。その音を陶然《とうぜん》と聞いていると、泰生が潤の足を引き寄せて体勢を変え始める。片足だけを持ち上げられて、つられて潤が横へと体の向きを変えると、潤の足の間に泰生が腰を進ませてきた。互いが腰を交差させるようなスタイルだ。

「あ…っ、ふ…ぅんっ」

泰生の欲望はいぜん大きく育ったまま潤の秘所に埋まっているせいで、体を動かす際に変に内部を擦られてしまい、潤は唇をわななかせる。

「今度はおれに付き合ってもらうぜ?」

泰生の声は余裕のないものだった。

それが、潤にはすごく愛おしく聞こえた。

潤の片足を抱えたまま、腰を揺らす泰生の律動がクライマックスのものであるのも嬉しい。

「っはぅ、ぁ、あっ、んぅっ」

ごりごりと潤の内部をかき回す剛直にシーツの上で悶えのたうつ。浅い部分で抜き差しされたあと最奥に入れられたまま揺すぶられると、淫らな喘ぎ声が止まらなくなった。

目の前で何度も火花が散り、肌は指先まで総毛立つ。突っ張ったつま先でシーツを蹴り上げて迫り来る愉悦から逃れようとした。

「ぅ…あっ。おまえ、ホンット我慢きかないな」

舌打ちをしながら、泰生が掠れた声で呟く。

泰生の声で気付かされたが、またしても潤は短い時間で高みへと駆け上がっていた。

体中で逆巻く快感が潤を甘く責め立て、狂おしいほどの情欲の炎が内側から潤を灼いていく。苦しくて泣きそうで、けれどそれ以上に気持ちよかった。

「うん、あ……っ、ぁ…んっ」

額《ひたい》をシーツに押しつけて、潤は全身で快感を訴えた。金属的な冷たさを思わせるメタリックブルーのシーツが、今これほど熱を持っているのが不思議だった。

「だっから、んなビクビクさせんな……って」

「やぅっ、ん、んっ……激…しっ」

泰生がさらにピッチを上げた。激しすぎる律動は、泰生によって自分がぐちゃぐちゃに壊されていくような倒錯的《とうさくてき》な愉悦を生む。

泰生になら壊されてもいい。いや、泰生にこそ壊されたい——。

そう思った瞬間、潤の欲望は弾《はじ》けていた。

「ひ、ぅっ…………」

「クッ…ソ——…っ」

悪態をつきながらも、泰生が内部で熱を吐き出してくれるのを潤は感じ取った。


二月初めにある後期試験を終えると、大学は長い春休みに入る。

春休みがスタートしてすぐから、潤は毎日のように事務所へ通っていた。八束のショップオープンを来月に控え、泰生の演出の仕事もずいぶん忙しくなっている。アシスタントスタッフとして泰生につく潤も言わずもがなだ。

「よし。あとはタブレット端末と同期させて——」

それと平行して、潤は資料の新しいファイリング作業にも取り組んでいた。

まずは雑誌以外のカタログに関してだけだが、どの資料がどこの棚に収まっているのか、タブレット端末と連動させて、資料の表紙や商品の項目などから検索出来るようなシステムを作成中だ。大量の資料を表紙だけとはいえデジタルカメラで撮影したり、それをパソコンに取り込んで系統立てするための情報を入力したりする作業はかなり大変だったが、苦労した分いいものに仕上がった気がする。

今後届く資料は随時潤がやっていくつもりだが、こういう地道な作業は潤の一番得意とする分野なので問題はないだろうと思う。

それに資料の内容をチェックしながらだと勉強にもなるし……。

日本語に限らず英語やフランス語など、様々な言語で書かれた資料をざっとだが読み解く作業は語学の勉強になるとともに、泰生の仕事に携わる上でもためになるはずだ。

そして今はすべての工程を終わらせて、パソコンで作成したデータベースをタブレット端末へ移行する最終作業中だ。

「三、二、一、やった！」

データ移行の終了を知らせるチャイムの音に思わず潤が含み笑いをこぼしたとき、泰生とレンツォが連れだって事務所に戻ってきた。

「さとみ、見て。カタログが出来たよ。出来たてほやほやだ。潤もおいでよ」

レンツォが黒木のいるテーブルに並べたのは、デザイン会社から受け取ってきたばかりの八束のブランド『Laplace』の宣伝材料だ。先月撮影されたユアンがモデルとなっているもので、ポスターやカタログ、ファッション雑誌の広告に載せる版やポストカードなどもある。別にショートフィルム広告があるのだが、これはもうしばらく時間がかかるらしい。

「出来たんですか」

すでに潤は泰生と一緒にテスト用に刷り上げられたものを確認のために一度見ていたが、きれいに仕上がった完成品を目にするとやはり感慨深いものがあった。

大判のポスターにはシアサッカー生地のスーツを着たユアンが、窓枠に足をかけている写真が使われていた。少年らしい真っ直ぐな目で宙を見据え、今にも飛び出しそうなユアンは躍動感に満ちあふれていた。

「すてきね、このままリビングに飾っておきたいわ。ちょっとした写真集みたい」

黒木がうっとり呟いているのはじゃばらに折られた横に長いカタログだ。ボーディングブリッジを歩くユアンを横から撮った写真がコマ送りのように並んでいるが、一歩を進むごとに一ページ――着る服も変わっていくという形態を取っている。近未来風の尖ったデザインだが、写真はビンテージ風で紙質もナチュラルなせいかどこか懐かしい雰囲気がする。

「泰生。あの、ユアンにもカタログが出来たことを知らせてもいいですか？」

とてもすてきに仕上がったことをいち早くユアンにも教えたくなった。

事務所を通してユアンにも送られるだろうが、イギリスへの輸送になるため、ユアンが目にするのはまだまだ先になるはずだ。

泰生から許可をもらいさっそく宣材が完成したことをメールで打つ。

「で、送信っと……」

空港で帰国するユアンと連絡先を交換して、以来こまめにメールを送り合っている。

最初にメールをスタートさせたのはユアンからで、アドレスを交換して半日後、無事に飛行機がロンドンに到着したというものだった。どこかぎこちなかったメールは連絡を取り合ううちに次第に砕けていき、今では日常のちょっとした内容のものも多い。メールからはどこか甘えるような親しさも感じ取れて、まるで本当の兄弟になれたようだと潤は密かに喜んでいた。

「わっ、相変わらず早いな」

メールを送ってしばらく、ユアンからはすぐに返事が返ってくる。エクスクラメーションマークを多用したことに潤の興奮ぶりを察してか少しからかったあと、自分も今すぐ見たくなったと期待にあふれる言葉が連ねられていた。

今、ユアンがいるイギリスは朝かな……。

遠く離れていてもこうしてユアンとつながっていると思うと、潤の胸はふんわり温かくなる。

「潤、下に八束が来ているらしい。ちょっと行くぞ」

泰生に呼ばれてすぐに気持ちを切り替え歩き出したが、すれ違うように黒木が資料スペースへ入っていくのを見て、潤は今自分がいた作業台に取って返した。

「黒木さん。資料のピックアップですか？　もしよかったらこれを使ってください」

潤はさっき出来たばかりのタブレット端末を渡す。簡単に使い方をレクチャーすると、黒木は驚いたようにタブレット端末を操作しだした。先に行ってて欲しいとお願いした泰生も、興味を持ったようで黒木と一緒に画面上で指を動かしている。

「何かやってると思ってたら、すごいものを作ったわね。ありがとう。使わせてもらうわ」

黒木の感嘆の声に、潤は思わず笑みがこぼれた。

すごい。褒めてもらった。

最初はあれだけ取っつきにくかった黒木とも今では事務所で一番よく話す相手だ。最近では、こうして褒めてもらうことだってある。初めの頃を思うと、すごい進歩だ。

こんな風にひとつひとつ解決していけばいいんだ。

母の問題を思うとまだまだ潤の胸は重くなるけれど、一時は確執が生じたユアンとも和解したし、仕事でもスローステップだが前へ進めている。

だったら、母のことも焦らずじっくり考えていこうと思った。歩みは鈍いかもしれないが、自分のペースで一歩ずつ。それが自分らしい。

泰生だって傍にいてくれる。

まだタブレット端末を興味深そうに覗き込んでいる泰生を見て、潤はしぜんに唇が緩んだ。

「泰生。あの、そろそろ行きませんか？」

背筋を伸ばして、泰生に誘いをかけた。

Fin.

あとがき

こんにちは。初めまして。青野ちなつです。

この度は『熱愛の恋愛革命』を手に取っていただき、ありがとうございます。恋愛革命シリーズとしては九巻目、潤と泰生のお話では八巻目になります。長いシリーズになりました！

今回、前半はイタリアが舞台のお話です。

小説を書くにあたり資料を読みあさるのですが、イタリアはどの街もすてきですね。しかも資料として読んだ本がすばらしかったせいでイタリアの国民性にも魅せられ、もっといろんなイタリア人を登場させたいと何度も思い悩みました。だからレンツォのシーンは筆が走りすぎて、あとでずいぶん削ったという秘話があります（違う話になりかけました……）。

後半は日本でのお話になります。

実はユアンが出てくる諸々の展開は（以下、多少ネタバレになります）、シリーズ一巻目の話を書いたときからぼんやりと温めていたもので、今回こうして小説に出来て感無量です。

プロットの段階ではずいぶん悩まされましたが、いざ小説を書き始めると、ユアンが思った以上に動いて（引っかき回して？）くれて、楽しかったし助かりました（笑）。

本書も引き続きイラストをお願いしたのは香坂あきほ先生です。まだ実物は拝見出来ていないのですが、担当女史から伝え聞いた『雪の中でほっこりする潤と泰生』のピンナップが今から楽しみです。お忙しいなか、今回も本当にありがとうございました。

先にちょっと書きましたが、今回はプロットもそうですがその前段階から少々苦労しました。ある方（笑）から「イタリアなんて華やかですよね」と耳打ちされ、乗せられてしまったせいです。いろいろと大変ではありましたが、潤と泰生がロマンチックなイタリアでラブラブするお話を楽しく書けたのは担当女史（あ…）のおかげだと思っています。今回はまたいつになくご面倒をおかけしました。厚く御礼を申し上げます。

ありがたいことに、幾つかお手紙やプレゼントを頂戴しております。お返事を書くことはままなりませんが、読者さまの暖かいお気持ちは本当に本当に嬉しいです！　尽きせぬ感謝の思いは作品でお返ししたいと思っています。どうぞご容赦ください。

最後になりましたが、ここまで読んでくださった読者の皆さま、また当作品に携わってくださったすべての方に心から感謝を申し上げます。

また次の作品でお目にかかれることを心より祈っております。

二〇一四年　椿の咲く頃　　青野ちなつ

初出一覧

熱愛の恋愛革命　/書き下ろし

B♥PRINCE
http://b-prince.com

B-PRINCE文庫をお買い上げいただきありがとうございます。
先生へのファンレターはこちらにお送りください。

〒162-0825
東京都新宿区神楽坂6-46　ローベル神楽坂ビル5階
リブレ出版(株)内　編集部

熱愛《ねつあい》の恋愛《れんあい》革命《かくめい》

発行　2014年4月7日　初版発行

著者　青野ちなつ

発行者　塚田正晃

出版企画・編集　リブレ出版株式会社

プロデュース　アスキー・メディアワークス
〒102-8584　東京都千代田区富士見1-8-19
☎03-5216-8377（編集）

発行　株式会社KADOKAWA
〒102-8177　東京都千代田区富士見2-13-3
☎03-3238-8521（営業）

印刷・製本　旭印刷株式会社

小社ホームページ　http://www.kadokawa.co.jp/

Printed in Japan
ISBN978-4-04-866418-9 C0193